JN302494

和歌のルール

渡部泰明【編】

笠間書院

和歌のルール◉渡部泰明［編］

目次

❖この本は、和歌文学会出版企画委員会の企画によるものです。

◉はじめに

ルールさえ知っていれば、和歌は、今よりずっと楽しめる

和歌はシンプル

これから皆さんに和歌のお話をいたしましょう。和歌は日本に昔から伝わる詩の形式です。日本にはっきりとした文化といえるものが固まってきたときから、ずっと大事にされてきた、詩歌の形なのです。現在でも、「百人一首《ひゃくにんいっしゅ》」のカルタなどで、多くの人々に親しまれています。

大事にされてきたというけれど、そもそも和歌がどんなものなのかよくわからない、と思っている人も、多いかも知れませんね。無理はありません。和歌は古典の文章の一種ですから、読もうとすれば、古典文法や古語への知識が必要です。でもちょっと待ってください。古典の文章であるかぎり、読み解くのに文法や言葉の知識が必要なのは、みな同じですね。「源氏物語《げんじものがたり》」でも「平家物語《へいけものがたり》」でも「徒然草《つれづれぐさ》」でも。「源氏物語」などずいぶん難しいことでも知られています。しかも全五十四帖《じょう》という大長編です。それに比べれば、和歌は、ずいぶん短い。それまでのストーリーを把握したり、登場人物を整理したり、入り組んだ文脈を整理したりする必要はありません。「三十一（みそひと）文字」といったら和歌の別名ですが、つまり三十一文字――正確には三十一音ですが――でほぼ一つの作品が成り立っているわけです。これでひとまとまりであり、一つの文章なのです。

しかも和歌に使われる言葉は、限られています。物語の中では、およそ人間生活のさまざまな場面、色々な領域にわたる言葉が用いられています。それに比較すると、ずっと狭い範囲の語彙《ごい》で出来ています。種類が少ないのです。なぜかと言えば、和歌で使われる言葉は、選び抜かれた言葉だからです。それまでの和歌の中で使用されてきた、洗練《せんれん》された語句しか使っていけないからです。選ばれた言葉によって三十一字でまとめられていて、その中だけで考えればよいというのですから、複雑なものになるはずがありませんね。和歌というのは、とてもシンプルなものなのです。

和歌は人の心を表す

しかも、和歌に表されているのは、人の「心」です。ある日ある時、私はこう思った、こう感じたという、その気持ちを表現したものです。複雑な社会情勢や人々の風俗、深遠《しんえん》な思想などといったものは、少なくとも直接には表現されません。世情《せじょう》や生活様式なら、時代の移り変わりとともにどんどん変わるでしょう。五百年、千年前昔の人たちとは、着ているものも住んでいるところもずいぶん違う。もちろん人の心だってまったく同じとは言えませんが、社会や風俗の変化よりは、その度合いはずいぶん小さい。自然の美しさに感動する、家族を思う、恋をする。基本的な感情は、今も昔もそう違わない。和歌は、そういう変わらない「心」を歌うものなのです。なぜ変わらないと言えるのか、ですって？　答えは簡単です。和歌には、変わらないでいてほしい、という願いを込めることがたいへん多いからです。

今だって、人の心はさまざまです。大人と子供、男と女など、立場によっても異なりますし、同じ立場だって、人によって考え方・感じ方は違います。でも、もし自分にとって大切な人がいれば、その人に自分の気持ちをより深く理解してもらいたいと思うでしょう。そしてその人の「心」もできるだけ知りたいと思うでしょう。生きるということは、他者と関係を取り結ぶことであり、さらにその関係を日々新たにすることだからです。自分の心を伝え、他者の心を理解する。和歌はそのために詠《よ》んだのです。和歌には、自分の心をわかってほしいという願いが詰まっている。その「心」

を、受け取ってみませんか。数百年、あるいは千年以上も前の人の心がわかるなんて、驚くべきことではないでしょうか。そして、ずいぶん素敵なことではないでしょうか。

和歌にはルールがある

短くて、言葉の種類も少なく、必ず人の心が表されている。そうわかってはいても、それでもあなたは、和歌はやっぱり難しいと感じているでしょうか。もしそうなら、原因はきっと、和歌のルールにあるかもしれません。和歌には、和歌特有のルールがあります。和歌の半分くらいは、ルールに基づいて出来ています。いや、半分以上かもしれません。和歌がとっつきにくいと思っているのは、そのルールがわからないから、というケースがとても多いのです。

例えば、遊戯《ゆうぎ》でもスポーツでも何でもそうですが、ルールがわからなければ参加することができません。参加しないで見ているだけであっても、面白みがわかりません。私はアメリカン・フットボールのルールをほとんど知らないので、いまだに何が楽しいのかよくわからないでいます。大男が激突する様子は迫力満点だし、快足を飛ばして疾走する姿も爽快です。だからルールさえ理解すれば、きっと胸躍らせながら観戦できるのだろうな、とは感じています。和歌だってそうです。ルールさえ知っていれば、今よりずっと楽しめるようになるのです。ルールといったってずいぶんたくさんあるのだろうなあ、と不安にならなくても大丈夫です。どんな競技でも、基本的なルールはそう多くはないでしょう。そのルールのうち、とくに基本的なものを解説するのが本書の狙いです。これだけ知っていれば、和歌の一番大事な魅力を味わうのに十分、というルールだけを選び出しました。

どうしてルールがあるのか

どうしてそんな面倒くさいルールがあるのだろう、堅苦しいなあ、思ったことがあるなら、そのままストレートに表現すればいいじゃないか、と思うでしょうか。たしかにちょっと見ると、回りくどいとも言えます。和歌が心を表すなら、もっとはっきりと言えばよいようにも思えます。

先ほども言ったように、和歌は詩の一種ですから、現代の詩で考えてみましょう。例えば、こんな詩があります。

太郎を眠らせ、太郎の屋根に雪降りつむ。
次郎を眠らせ、次郎の屋根に雪降りつむ。

小学校の教科書などにも採用されることのある、三好達治《みよしたつじ》の「雪」というとても有名な詩です。でももしこれを詩だと知らない人が見たら、不思議に思うでしょう。なぜって、まず改行の仕方が変です。普通の文章でこんなふうに書いたら、まず先生に叱られてしまいますね。ちゃんと詰めて書きなさいと。では、詰めて書いてみましょう。「太郎を眠らせ、太郎の屋根に雪降りつむ。次郎を眠らせ、次郎の屋根に雪降りつむ。」なんだかちっとも詩らしくなくなります。詩でないどころか、おかしな文章だなと違和感を覚えずにはいられません。太郎って誰？　次郎とはどういう関係？　書いてくれなくちゃわからないよ、と文句を言いたくさえなります。私たちは、改行して、余白がたっぷりあることで、ああ詩だな、と直感的に理解し、その上で、詩の作品だという前提でこの作品を味わおうとします。

言い回しだってそうです。最初の文と次の文では、「太郎」と「次郎」の違いしかない。ずいぶん無駄なことをしている。普通の文章なら、「太郎と次郎を眠らせ…」としなさい、と指導を受けそうです。でも詩だとわかると、たくさんの子供たちが、しんしんと降り続ける静かな冬の夜に、眠っているのだな、きっとそこは雪国なのだろう……などと理解されてきます。改行やこのような繰返しを用いることは、詩のルールだということができるでしょう。和歌のルールも、これは和歌なのだ、普通の言葉とは違うのだ、というしるしなのです。和歌らしさのサインだといってもよいでしょう。

基本ルールは修辞

では、基本となる和歌のルールとはどんなものでしょうか。本書の構成にも触れながら、説明してみましょう。何よりも大事なのは、和歌の修辞《しゅうじ》です。修辞は、レトリックともいいます。別の言葉で言えば、言葉の技巧のことです。和歌がわからないという人のほとんどが、この修辞のところでつまずいているようなのです。もちろん高等学校のどの教科書にも、和歌の修辞については説明があります。ただしそれはごく簡単に触れているだけです。参考書や国語便覧には、もう少し詳しい解説もあるでしょう。でも、修辞にはどんな意味があるのか、どうしてそんな修辞を使うのか、どんな面白みが生まれるのか、という点になると、なかなか踏み込んで説明してあるものはありません。どんな分野でもそうですが、一つの事柄の意味や意義を、根本的なところまで掘り下げて、しかも初学者が納得できるように説明することは、とても難しいことなのです。和歌でももちろんそうです。というより、七世紀に形式が定まって以来、千数百年というたいへんな伝統をもち、膨大な作品が残されている和歌では、いっそう説明が難しくなります。

そこで本書は、和歌全体を領域とする日本で唯一の学会、和歌文学会の頭脳を結集することにしました。それぞれ和歌の最先端の専門家で、しかも修辞に詳しく、説明する力にも優れている十人の研究者に、和歌の修辞をはじめとして、代表的な和歌のルールについて説き起こしてもらったのです。いまも述べたように、和歌には膨大な作品が残されているのですが、今回取り上げたのは、いずれも国語総合の教科書に取り上げられているような、非常に有名な歌ばかりです。ですから、高校の古典の学習の手助けにもなるはずです。

さて、本書で扱う和歌のルールとは、次のようなものです。

枕詞（まくらことば）
序詞（じょことば）
見立て（みたて）
掛詞（かけことば）
縁語（えんご）
本歌取り（ほんかどり）
物名（もののな）

折句・沓冠（おりく・くつかむり）
長歌（ちょうか）
題詠（だいえい）

このうち、「枕詞《まくらことば》」から「折句《おりく》・沓冠《くつかむり》」までが、修辞に当たります。どうしてこんな、無駄にも見えるものがあるのだろう、なぜこういう回りくどい言い方をするのだろう。そんな疑問に答えていきます。「長歌《ちょうか》」は修辞ではなく、和歌の形式です。先ほど和歌は三十一文字だと言いましたが、実はもっと長い形式もあり、「万葉集」の中に残されている、とてもドラマティックな和歌です。「題詠《だいえい》」は、題を出されて歌を詠むことで、歌の詠み方であり、歌を詠む「場」に関わるものです。一見堅苦しいようですが、この詠み方が、和歌が長生きした大きな理由になっています。

もしかしたら、十個のルールでは少なく思えるでしょうか。でもこれだけわかっていれば、かなりのものです。格段に和歌が面白く読めるようになること、請け合いです。

和歌はプレゼント

和歌のルールは、和歌を和歌らしく見せるためにある。先ほどそう述べました。けれどそれだけでは、十分な説明にはなりませんね。なぜ修辞を使うのか、修辞を使うとどういう面白さが生まれるのか、まだまだちっともピンとこないことでしょう。詳しいことは、本書のそれぞれの説明をじっくり読んでいただくことにして、ここでは、一つだけ、本書を読むうえでのヒントを述べておきましょう。

ヒントというのは、こうです。和歌とは、贈り物なのだ、と考えてごらんなさい。他の人に心をこめて届けるプレゼントだ、と思ってみてほしいのです。

いま誰かにお菓子をあげようと思ったとします。仲の良い友達同士なら、「ほら、これあげる」と言ってそのまま渡すのもいいでしょう。私たちは、たったそれだけのことでも、そこに気持ちを込めますね。たとえて言えば、お菓子が和歌に、その気持ちが和歌の「心」に当たります。ただ、相手が友達よりもだいぶ距離のある相手であったとき、とくに目上の人に贈り物をする場合には、ほら、と裸で渡すことを、普通はしません。箱に入れ、きちんと包装したりします。ラッピングですね。改まった折だったら、さらに熨斗紙《のしがみ》を付けたりする。これらが、和歌の修辞に当たります。

ラッピングなんてうわべを飾るだけで、面倒なだけだ、と思うでしょうか。そうではないのです。面倒なことが大事なのです。紐《ひも》や包み紙をほどいていきながら、贈られた人は相手の気持ちをも紐解いていくのです。確かめながら受け取るのです。修辞も同じです。面倒で、一見不必要に見える作業が、逆に相手の気持ちを感じ取る媒介《ばいかい》になるのです。そういえば、私の母は、贈り物の包み紙や紐を捨てられず、取っておく人でした。また何かに使えそうだから、というのが口癖でしたが、結局再利用されることはありませんでした。今でも、お年寄りなどに、そういう人はおられるのではないでしょうか。きっとそれは、綺麗だからもったいない、というのとは少し違うのでしょうね。母が意識していたかどうかはともかく、相手の気持ちがこもったものを、すぐに捨てるに忍びない、ということだったのではないかな、と今では思っています。

ラッピングという比喩《ひゆ》を使いましたが、それだけだと中身はどうでもいい、と誤解されてしまいかねませんね。もちろん、和歌も中身が大事です。「心」を込めるのですから。そこでこう言い直しましょう。和歌は、大事な人に贈る、手作りのプレゼントなのだと。作るのに時間がかかったり、他の人には真似できないような技術が使われていれば、贈られた方は感動すること間違いありません。

プレゼントとしての和歌の一番わかりやすい例が、好きな人に贈る和歌です。ラブレターの和歌ですね。恋の歌です。好きな人であれば、男女の恋に限りません。友人でも、親子や兄弟・姉妹でもかまわないのです。これを贈答歌《ぞうとうか》といいます。自分が仕える天皇や中宮《ちゅうぐう》、あるいは主人などに贈る和歌もあります。さらにそういう人が開く和歌の会合――歌会《うたかい》といいます――で詠む和歌も、主人やそこに集まった人たちへの贈り物と考えることができます。お祝いの会があったとき、私たちはプレゼントをすることが多いですね。あるいは記念写真を撮って、皆に配ったりします。和歌はそれに当たります。もちろん、そこには心がこもっています。

人間でなくてもいいのです。信仰が生きていた昔の時代には、神や仏にプレゼントする和歌もありました。この場合は、捧げ物とか、供物《くもつ》というべきでしょうが、贈り物の一種であることは間違いありません。一生懸命手作りをして、神や仏に喜んでもらおうとするのです。捧げ物としての和歌は、実は和歌の原点ということができるかもしれません。和歌の意義が凝縮しているからです。

その手作りのプレゼントを、人が大切に家に飾っておいてくれたら嬉しいですよね。優れた和歌というのは、そのプレゼントが、相手だけでなく多くの人にも知られ、時には何百年も、千年以上も大事に飾られているようなものです。本書で取り上げた和歌などは、まさにそんな中から選びに選び抜かれたものだといえるでしょう。

皆さんも、古人のプレゼントを受け取り、それを紐解きながら、そこにこめられた心を、じっくりと味わってみませんか。

▼渡部泰明

【本書のルール】

○引用和歌等の表記は、読みやすさを考慮して適宜《てきぎ》あらため、歴史的仮名遣いで統一しています。ただし作者名は、現代仮名遣いとしました。

○取り上げた和歌（A、B…として取り上げているもの）は、主として「国語総合」「古典A・B」など高等学校の教科書に掲載されている作品を中心としました。すべて現代語訳をつけています。

○詞書《ことばがき》は、原則として省略しました。

○本文中の専門用語には出来るだけ解説を付けています。また巻末にもまとめて紹介しています（「和歌用語解説」）。

第1章◉

【枕詞】まくらことば

それは古風な約束事の言葉、
訳せないけれど、意味がないわけではない。

A　**春過ぎて夏来《き》にけらししろたへの衣《ころも》ほすてふ天《あま》の香具山《かぐやま》**　持統《じとう》天皇（新古今集・夏）

訳▼春が過ぎて夏が来たらしい。（しろたへの）衣を干すという天の香具山に。

B　**ちはやぶる神代《かみよ》も聞かず竜田川《たつたがは》から紅《くれなゐ》に水くくるとは**　在原業平《ありわらのなりひら》（古今集・秋歌下）

訳▼（ちはやぶる）神代も聞いたことがない。竜田川を紅色にくくり染めにするとは。

C　**ひさかたの光のどけき春の日にしづ心なく花の散るらむ**　紀友則《きのとものり》（古今集・春歌上）

訳▼（ひさかたの）光がのどかな春の日に、穏やかな心がなく花が散っているのだろう。

枕詞の力

「百人一首《ひゃくにんいっしゅ》」でも有名な三首を挙げてみました。この三首に共通するところは何でしょうか？　それは枕詞《まくらことば》が詠みこまれている点です。ちなみに「百人一首」で枕詞を持つ和歌は、六首のみで、さほどに多くはありません。

枕詞は現在では、「主として五音で、実質的な意味はなく、常に特定の語を修飾する」というように定義されています。「五音」であるように、五七五七七の短歌体だと、第一句か第三句に入るのが基本です。現在、古典文学を読むときには「訳」が重視されがちです。「実質的な意味はな」

い枕詞は訳さない、訳されない、訳せないものとして扱われます。そうなると試験などでは、枕詞は、その言葉により修飾される決まった語、すなわち「被枕《ひまくら》」との関係が知識問題として問われるようになります。一つの枕詞に対して複数の被枕が存在することもあります。いくつか例を挙げておきましょう。

(枕詞)あかねさす　―　(被枕)日、昼、紫《むらさき》、照る、君《きみ》
(枕詞)あしびきの　―　(被枕)山、峰《を》
(枕詞)あをによし　―　(被枕)奈良
(枕詞)うつせみの　―　(被枕)命、世《よ》、人
(枕詞)味酒《うまさけ》　―　(被枕)三輪《みわ》
(枕詞)神風《かむかぜ》の　―　(被枕)伊勢
(枕詞)草枕《くさまくら》　―　(被枕)旅
(枕詞)しろたへの　―　(被枕)衣《ころも》、袖、雪、雲
(枕詞)たらちねの　―　(被枕)母
(枕詞)ちはやぶる　―　(被枕)神、宇治
(枕詞)ひさかたの　―　(被枕)天、雨、月、光

このような対応関係を知っていることは歌を理解するのに不利にはなりません。しかし、これで

は枕詞が単なる公式や記号のようにも捉えられかねません。そもそも特定の意味はない言葉を、わずか五七五七七の三十一音で展開する歌の中で用いるのは自然な営みでしょうか？

枕詞のありようを見ていると、本来は意味があったのだけれど、次第次第に形式的になっていたと想定されます。その分、枕詞があることで和歌らしさが生まれることもあったようです。枕詞は和歌にするためのラッピングのような機能を持っていたのでしょう。そして、現存最古の歌集「万葉集《まんようしゅう》」においても、すべての枕詞に何らかの意味があると判断することは困難です。ただ、古い時代の枕詞を見ていくと、単なる記号ではない、その言葉の持つ力のようなものに出会えることがあります。ここでは、冒頭に挙げたA～Cの三首の理解を深めるために、「万葉集」を関わらせながら考えていきましょう。

「しろたへの」と白

Aの歌は、夏の到来が印象的に詠まれています。おそらく多くの人が、「夏」の青空、そして「山」の木々の緑を想い起こすことでしょう。その中に「しろたへの衣」とあり、白色が極めて鮮烈にイメージされるようです。「しろたへの」は「衣」にかかる枕詞と説明されますが、この一首ではその言葉が存在することで、白さが引き立つ印象です。

そもそも「しろたへ」とは、梶《かじ》の木の皮の繊維で織った白い布のことで、「しろたへの衣」という枕詞と被枕の関係は、現実の布を意味することで、一層具象的になります。

ここには枕詞と被枕との本来の関係があるようです。すなわち、両者は同質なイメージでつながりあう、繰り返されるものだったようです。繰り返しは自ずと強調に通じます。強調され、一首全体に詩的なイメージをふくらませる、それが枕詞と被枕の関係だったようです。

ところでこの和歌は「新古今和歌集《しんこきんわかしゅう》」に収められていますが、詠み手、持統《じとう》天皇（在位六九〇―六九七）は、奈良時代以前の天皇で、実際に活躍した時代の歌集は「万葉集」になります。「万葉集」にも持統天皇の歌として、「春過ぎて夏来《きた》るらし白妙の衣ほしたり天《あめ》の香具山」（春が過ぎて夏が来ているらしい。（しろたへの）衣を干している。天の香具山に）と少し表現の異なる一首が収められています。「万葉集」は、平仮名や片仮名が成立する以前、漢字のみで日本語が書かれた時代の作品ですから、この歌も「春過而夏来良之白妙能衣乾有天之香来山」と漢字で書かれていました。「万葉集」を受け継いでいくことは、漢字をどのように訓《よ》むかということと切り離せませんでした。したがって、現在の研究成果でもある我々が読む「万葉集」とは異なる、万葉的な歌が、平安・鎌倉時代に存在していることもあります。この持統天皇の歌も、「新古今和歌集」の形が当時は一般的だったのかもしれません。

枕詞「しろたへの」に注目しましょう。「万葉集」でも「新古今和歌集」でも同じく「しろたへの衣」となっています。ここだけで見ると、万葉の時代と新古今の時代とで、言葉のありように大差がないように見えますが、どうもそうではないようです。

「万葉集」では「しろたへの」が五十九例、枕詞とは扱われませんが「しろたへに」が八例あり、よく使われる言葉の一つでした。ところが、八代集《はちだいしゅう》（はじめの八つの勅撰和歌集。「古今和歌集」「後撰和歌集」「拾遺和歌集」「後拾遺和歌集」「金葉和歌集」「詞花和歌集」「千載和歌集」「新古今和歌集」のこと）では、「古今《こきん》和歌集《わかしゅう》」四例、「後撰《ごせん》和歌集」二例、「拾遺《しゅうい》和歌集」三例、「後拾遺《ごしゅうい》和歌集」三例、「新古今和歌集」八例、確認されます。それぞれの歌集に収められた歌の数の違いを考慮に入れても、「万葉集」ほどに使われた歌集はありません。

総じて、枕詞は、平安以降の和歌に比べ、「万葉集」に多く使われています。冒頭で述べた、「百人一首」で枕詞の用例がさほどに多くないことは、この事実と対応します。平安・鎌倉時代の歌人にとって、枕詞は古風な約束事のようであったように思えます（それだけに価値は増すのでしょう）。したがって、枕詞の本質を理解するには「万葉集」の歌を読み解くことが、最も肝要です。「しろたへの」に関しても、五十九例を精読することが望まれますが、それを行うと何頁にもなってしまいますので、ここでは概略を示しておきます。

「万葉集」の「しろたへの」は、恋歌（恋をテーマにした和歌。勅撰和歌集では四季の歌・雑歌と並ぶ大きなテーマ）において、「袖」を被枕にすることが多く、袖を交わすことで男女の共寝《ともね》が表現され、袖を濡らすことで涙にくれることも表現されました。また「衣」を被枕にする例は、亡き人を送る人々の服装として描かれるように、葬儀に携わる人々の印象が強く、持統天皇の歌に見る、木々の緑と対比されるような鮮烈な白い衣を感じさせる例は他に見出せないのです。独自な例といえばそれまでですが、持統天皇のこの歌には、他にも理解しにくい要素を含んでいます。

例えば、「万葉集」には「天の香具山」が季節の到来と共に立ち現れる一首が、「柿本朝臣人麻呂歌集」を出典とする歌にあります。「ひさかたの天の香具山この夕霞《ゆふべかすみ》たなびく春立つらしも」（ひさかたの）天の香具山はこの夕方に霞がたなびいている。春になるらしいなあ）では、枕詞「ひさかたの」を用いて「天の香具山」が印象的に詠まれます。柿本人麻呂は、天武・持統天皇の時代に活躍した歌人で、「柿本朝臣人麻呂歌集」も、その人麻呂が成立に深く関わったのは間違いありません。持統天皇の歌とどちらが先にできたのかわかりませんが、ほぼ同時期に詠まれた歌であることは確実です。なぜ天の香具山が季節の到来に関わるのでしょうか？ それは天から下って来たという伝承を持つ天の香具山ゆえかもしれませんが、当時の都があった明日香《あすか》地方では、香具山が東側にあることも留意すべきようです。古代日本の知識層の考え方の一つに、中国伝来の五行《ごぎょう》思想というものがあります。万物は「木《もく》・火《か》・土《ど》・金《こん》・水《すい》」という五つの元素から成り立つという考え方です。現在の曜日もこれらの用語に基づきますが、色や方角などが次のように対応していました。

五行	木	火	土	金	水
五色	青	紅	黄	白	玄
五方	東	南	中	西	北
五時	春	夏	土用	秋	冬

「青春」「白秋」といった言葉がこの思想から生まれたことに気付けるでしょう。注目したいのは、東の方角が春に対応するということです。人麻呂歌集歌のように、春の到来を天の香具山の霞に求めるのは、明日香という地では、正しい感覚であったと推測されます。五行思想に基づくと、夏の到来は南に求めてほしいのですが、それは果たされていません。ちなみに、「万葉集」では、春の

到来を詠む歌は少なくないですが、夏の到来を詠む歌はほんのわずかしかありません。また、天皇は南を向くという「天子南面」という中国伝来の思想も、古代日本にありました。当時の都、明日香浄御原宮《きよみはら》（六七二〜六九四、天武《てんむ》天皇と持統天皇の代の宮。伝飛鳥板蓋《いたぶき》宮跡がこの宮の跡と考えられている）からは天の香具山は、東北の方角であり、天皇が季節をもコントロールするような歌として読み解くには厳しくなります。「万葉集」の中で、持統天皇の「春過ぎて」の歌は、表現からも独特なものであったといえそうです。

この歌が少しの改変を伴いながら、「新古今和歌集」に入り、「百人一首」にも採択されることで、現代における枕詞「しろたへの」を印象付ける一首になったといえるでしょう。しかし、「万葉集」の歌として考えてみると、「しろたへの衣」のみならず、いろいろな点で独特なようです。なお、八代集の数少ない「しろたへの」の例に、この持統天皇のような歌い方をしたものは他に見られず、その多くが恋歌のような「袖」の例です。八代集の時代も、数は少ないとはいえ、「万葉集」における基本的な「しろたへの」の使い方と変わらないようです。持統天皇歌の「しろたへの」は、古代の一般的な例として受け取るのではなく、もう少し注意して向き合うのがよいでしょう。

「ちはやぶる」と神

Bの歌は、歌中には明記されませんが、竜田川の紅葉が詠まれています。「古今和歌集」の詞書《ことばがき》（和歌の前に記され、その歌が詠まれた事情を説明した文章）では、東宮《とうぐう》の后《きさき》の屏風に描かれた絵を詠み、在原《ありわらの》業平《なりひら》が主人公とされる「伊勢物語」では、親王たちの散策の場に現れた業平と思われる人物が、竜田川の実景を詠んだことになっています。いずれにしても、目にした景を視覚的に「から紅に水くくる」と表現しているわけですが、その意外性を「神代も聞かず」と聴覚で表現するところが、この一首の面白さの一つの要素となるでしょう。「神代」は、さまざまな不思議な事が起こる時代という認識があるのでしょう。そのような神々が躍動する時代を強く取り立てるように、枕詞「ちはやぶる」が用いられているようです。

この言葉は、「万葉集」では十九例確認できます。八代集では、「古今和歌集」九例、「後撰和歌集」八例、「拾遺和歌集」十例、「後拾遺和歌集」二例、「金葉《きんよう》和歌集」二例、「千載《せんざい》和歌集」五例、「新古今和歌集」二例と三代集（はじめの三つの勅撰和歌集。「古今和歌集」「後撰和歌集」「拾遺和歌集」のこと）ではわりとよく用いられていたことがわかります。その意味は、「チは風、ハヤは速、ブルは様子をする意」（岩波古語辞典）とされ、本来は激しい力を発動することを示したようです。確かに「万葉集」での「ちはやぶる」には、そのような荒々しい神のイメージを持つ例が少なくなく、人知で律しきれない雰囲気が醸《かも》し出されます。そういう荒ぶる魂を、言葉により鎮《しず》めるというのが、本来の「ちはやぶる」のありようであったのかもしれません。

しかし、「古今和歌集」以降の用例からはそのような荒々しい神の様相を感じさせる例は見出しにくく、むしろ「ちはやぶる」により、神が讃美されているのではないかと思わされます。Bの歌が、「古今和歌集」では后の屛風歌（屛風に書かれた和歌。屛風に描かれた絵に適合するように詠まれた）であるように、讃美の文脈に無縁ではありません。また、「古今和歌集」巻末を飾る一首「ちはやぶる賀茂《かも》の社《やしろ》の姫小松《ひめこまつ》よろづ世経《よふ》とも色は変はらじ」（大歌所御歌　藤原敏行　（ちはやぶる）賀茂の社の姫小松は、万代を経ても色は変わらないだろう）では、姫子松の色が変わらないことを詠み、永遠に続くことを信じる歌になっています。「賀茂の社」、今の下鴨《しもがも》神社の神を荒ぶるものではなく、讃美し、その永続性を願うのであります。「ちはやぶる」で示す感覚は、おそらく神というものの把握の変化を反映しているのではないかと思われます。枕詞と被枕とは同質なイメージでつながるわけですが、被枕の感覚が変われば、枕詞の印象も変わるのでしょう。

「ひさかたの」と天

Cの歌は、「古今和歌集」の詞書に「桜の花の散るをよめる」とあり、桜の花が詠まれています。歌中に「春の日」とあり、春の日中のことです。穏やかな春の日差しの中で、せわしなく桜の散ることが、その桜に心があるかのように擬人化して詠まれています。「のどけし」と「しづ心なく」の対比は、そのまま「光」と「桜」の対比になります。一首全体を明るく包む、その光は枕詞「ひさかたの」によって導かれています。「ひさかた」は遠方を意味し、ここでは遠い天空に位置する太陽から届く光が眼前に広がるような印象を与えます。

さて、この「ひさかたの」は「万葉集」以来よく用いられました。「万葉集」では五十例、「古今和歌集」十例、「後撰和歌集」二例、「拾遺和歌集」十二例、「金葉和歌集」一例、「詞花和歌集」二例、「千載和歌集」三例、「新古今和歌集」八例となっています。

「万葉集」における「ひさかたの」の被枕を整理すると、次のようになります。

天（アマ・アメ）　三十三例、雨　十一例、月　五例、都　一例

ここで注目したいのは、「光」を被枕にする例が「万葉集」には見られないという点です。天皇の統治を天上世界の神話に起源を求める表現が多いため、「天」の用例が多くを占めるのは当然でしょう。先ほど「天の香具山」の例として紹介した例も、古くに天上世界から降《お》りて来たという伝承を持つ香具山ゆえ、「ひさかたの天の香具山」と表現されたのでしょう。そういった「ひさかたの」には空間的な遠さのみならず、時間的な遠さをも感受させる要素があったようです。時空の広がりは「ひさかたの」を詠みこむ歌全体を包み込む感覚となるのでした。

また「雨」や「月」が被枕となるのも「天」との関わりで捉えられそうです。「天」を被枕としますが、「ひさかたの天のしぐれの」や「ひさかたの天照《あまて》る月の」という表現が「万葉集」に見られます。

このように見て来ると、「ひさかたの」に、天上世界に存在するものだから太陽をイメージすることはあったかもしれません。しかし、「万葉集」にはそのような歌は存在しません。古代の歌すべてが「万葉集」に収められているわけではありませんから、我々の知らない歌に「ひさかたの」と「日」が関わる歌があったかもしれません。

しかし、「古今和歌集」においても、八代集全体を視野に入れても、Cのように、「ひさかたの」が日中の光をイメージさせることは珍しかったようです。「古今和歌集」でも「…年を経《へ》て大宮にのみひさかたの昼夜《ひるよる》わかずつかふとてかへりみもせぬ…」（雑体　紀貫之）という一例が「ひさかたの」と日中が関係付けられた一首といえます。

どうして、このような表現が生まれたのかは定かではありません。「古今和歌集」の時代、単なる記号のようになりかねない枕詞ではあっても、意味を拡大するように用いることがあったと見ておきたいと思います。

枕詞と古代

枕詞は、「万葉集」の時代において、既にかかり方が不明なものもあったでしょうが、元来存在した感覚が見出せるものも確かにありました。その感覚が、後代に薄れ、別のニュアンスで使われたり、また新たな意味合いを創出している例を見てきました。

枕詞は、おそらく本来的には被枕と同質のものを重ねて用いることで、それを強調するものであったのでしょう。それが荒ぶるものであれば、鎮魂になり、素晴らしいものであれば、讃美になるという、古代の人々が、物象や状況を、言葉で示すときに使う約束事だったのでしょう。したがって、それは、本質的には、枕詞と被枕とが一対一で対応して完結するのではなく、その歌の文脈全体に及ぼすニュアンスもあったと見るべきでしょう。

枕詞は、現在では単なる記号かもしれません。しかし、それはわけのわからない言葉でもなく、単なる記号でもなく、本来は使われるゆえの意味があったのだと捉えておきましょう。そしてその枕詞と被枕とで織りなす感覚が、一首の中でどのような意味合いをもたらすのか、それをしっかりと考えながら、古代の作品を読んでみることをお薦めしておきます。

▼中嶋真也

第2章◉

【序詞】じょことば

一見関係なさそうな事柄なのに、
人の心に形を与え、わかった気持ちにさせてくれる。

A **ほととぎす鳴くや五月《さつき》のあやめ草あやめも知らぬ恋もするかな**　よみ人知らず（古今集・恋一）

訳▼ほととぎすが鳴く五月に咲くあやめ草…ああ、どうしたらいいのかわからない恋に落ちてしまったことだ。

B **風吹けば沖つ白波竜田山《たつたやま》夜半《よは》にや君がひとり越ゆらむ**　よみ人知らず（古今集・雑歌下）

訳▼風が吹くと海の沖の白波が立つ…あの竜田山をこの夜半にあの人は一人で越えているのでしょうか。

C **夏の野の繁《しげ》みに咲ける姫百合《ひめゆり》の知らえぬ恋は苦しきものそ**　大伴坂上郎女《おおとものさかのうえのいらつめ》（万葉集・巻八）

訳▼夏の野の繁みに咲いている姫百合…あの姫百合のように誰にも知られずひっそりと恋しているのは苦しいものです。

恋と序詞

皆さんも恋をしたことがあるでしょう。その時、自分の思いを何とか表現したい、伝えたいと思ったことはないでしょうか。ところが、いざ言葉にしようとすると、なかなか難しいものです。

序詞という表現技法は、さまざまな歌に見られますが、特に恋心を表す歌に多く用いられます。

たとえば冒頭に掲げたAやC。Aでは「あやめも知らぬ恋」が歌われています。「あやめ」というのは「道理」とか「筋道」という意味ですから、要するに、どうしたらいいのかわからない、恋の混乱・悩みが歌われています。この歌は「古今和歌集」の恋の部の一番最初に置かれる歌ですが、「古今和歌集」の恋の部は、大まかにですが、恋の進行にしたがって歌が並べられていますから、恋の始まりの頃の思いを歌っているのでしょう。そもそも恋は理屈でするものではありません。親友の恋人を好きになってしまうこともあるでしょう。昔なら決して結ばれるはずのない身分違いの人を好きになってしまうこともあったでしょう。特に、誰かを好きになり始めてしまった頃の心は、自分でも整理できないものです。Cの歌には「知らえぬ恋」が歌われています。じっと心の中に秘めた恋です。恋をしている時は、周囲の人に知られるのを極端に嫌うものです。知られてはやし立てられるのがいやだから。恋の相手にだけは何とか伝わってほしいのですが、それもなかなか難しい。結局、自分の心の中だけで密かな恋を燃え上がらせるのです。

右のAやCの歌には、そのような恋心が歌われているのですが、それが歌われる前に、なぜか「あやめ草」や「姫百合」という植物が歌われています。Aでは、夏の鳥であるほととぎすが鳴く五月（今で言えば六月の梅雨のころ）のあやめ草、Cでは、夏の野の繁みに咲いている姫百合が歌われます。恋の思いを歌いたいはずなのに、その前になんだか恋とは関係なさそうな事柄が置かれているのです。このような歌を見ると、皆さんは「かんけーねぇじゃん」と思うことでしょう。それは当然の反応です。歌いたい思いとは関係ない事柄を前に置くのが序詞という技法なのですから。序詞と歌いたい思いとの間には、必ず飛躍があるもので、もし飛躍がなければ、それはもう序詞とは呼べないのです。

それではなぜ、こんな無駄とも思える事柄を最初に歌うのでしょうか。

〝乗り換え〟の形式

最初に形式的なことをお話しして、それから序詞というのがどのような表現法であるのか、その本質をお話しすることにしましょう。序詞形式の歌で、初めの風景や物の文脈（これを、以下〈景物の文脈〉と呼びましょう）から、下の主文脈（以下、〈思いの文脈〉と呼びます）への転換は、通常、次の三つの形に分類されています。

① 同音（類音）反復式
② 掛詞式
③ 比喩式

最初に掲げたABCの歌が、ちょうどこの①②③に対応しています。Aでは、ほととぎすが鳴く五月の「あやめ草」が歌われ、その「あやめ」という音を引き受ける形で、「筋目」とか「道理」という意味の「あやめ（綾目）」へと転換して、筋目もわからぬ、つまりどうしたらいいのかわからない恋の悩みが歌われています。①の同音（類音）反復式の歌です。次のBでは、「風が吹くと沖の白波が（立つ）」という序詞から、「たつ」という音の掛詞（第4章参照）によって「竜田山」が引き出され、その竜田山を一人越えている夫（「君」というのは、女性から恋人や夫を呼ぶ言葉です）への思いが歌われています（詳しくは後述）。これは②の掛詞式の例です。Cでは、夏の野原に咲いている姫百合が歌われるのですが、「繁みに咲ける」と歌われるのがミソです。姫百合は夏に小さな朱色の花を咲かせるのですが、それが道端《みちばた》などの目につく所ではなく、夏草の繁る中にひっそりと咲いているのです。そうするとその姫百合が「知らえぬ恋」と比喩的な関係になっていることがわかるでしょう。夏の野の繁みにひっそりと咲く姫百合が、心の中にひっそりと燃えている可憐《かれん》な恋心を引き出してくるのです。これは③の比喩式の例となります。ただしこの③は、②の掛詞式の延長線上に置くこともできます。Cの例で言えば、「夏の野の…姫百合の」は「知らえぬ」の主語ともなっていて（「夏の野の繁みに咲いている姫百合が人に知られない」と解することもできるという意味です）、②の掛詞式と同じように、「知らえぬ」の部分が〈景物の文脈〉と〈思いの文脈〉の両方にかかっている、つまり二重文脈になっている、と見ることもできるからです。そのように考えると、序詞の形式は、次のように単純に二つに分けて捉えることができます。

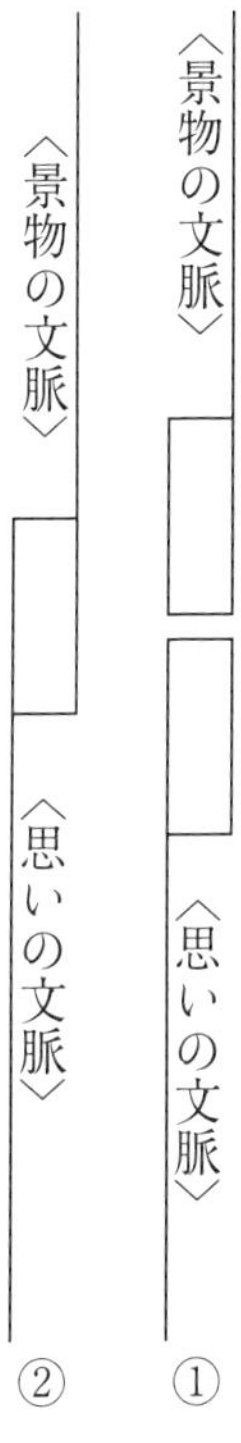

このように図示すると、序詞という技法が、ある音の繰り返しや語の二重性によって、文脈を「乗

り換えて」ゆく技法であることがよくわかると思います。右の図では、〈景物の文脈〉には右側に線が引かれていて、〈思いの文脈〉には左側に線が引かれていることにも意味があるのです。良い喩《たと》えかどうかわかりませんが、地下鉄である駅に着き、私鉄に乗り換える時に、ちょっと歩いて次のホームに行くのが①、同じホームに両方が乗り入れていて乗り換えられるのが②③のような形です。いずれにしても、つなぎの部分によって、一見すると関係のない文脈がつながれている形です。

心の〝かたち〟

それでは最初に述べた疑問に話を戻しましょう。なぜそのような関係のない事柄が歌われるのかという疑問です。

次の歌を見てください。

ぬばたまの黒髪山《くろかみやま》の山菅《やますげ》に小雨降りしきしくしく思ほゆ

柿本人麻呂歌集《かきのもとのひとまろかしゅう》（万葉集・巻十一）

訳▼（ぬばたまの）黒髪山の山菅に小雨が降りしきる…頻りに頻りにあの人のことばかり、つい考えてしまうよ。

冒頭から「小雨降りしき」までが序詞（〈景物の文脈〉）で、「しくしく思ほゆ」が〈思いの文脈〉です。転換の形式で言えば、「しき」と「しくしく」との類音の繰り返し（①）で転換する序詞です。〈思いの文脈〉の「しくしく」は頻りに頻りにという意味で、「思ほゆ」は、自分では考えようとしないのに思わず頭に浮かんでくるという意味ですから、恋をしている人にありがちな、相手のことが頻りに思われて仕方のない状況を歌っていることがわかります。が、それだけです。〈思いの文脈〉が伝えてくれるのはそれだけなのです。どうしてそれだけなのかと言えば、この歌では、五七五七七という五句のうち四句までを序詞が占めてしまっているからです。序詞がもし、ある言葉（この歌なら「しくしく」）を導き出すだけの技法で、歌の趣旨《しゅし》には全く関係しないのであれば、この歌はほとんど無駄な言葉で出来上がっていることになります。でも、そうではないからこそ、こんな歌があるのです。序詞に歌われている情景を丁寧に読み解いてみましょう。「ぬばたまの」は「黒」にかかる枕詞《まくらことば》（第1章参照）です。黒髪山という地名の「黒」を強調する働きがあります。この歌では、〈思いの文脈〉は「しくしく思ほゆ」だけなので、男の歌か女の歌か、また恋の相手が男か女かはわからないのですが、「ぬばたまの黒髪山」という地名は、一方で黒髪の美しい女性をイメージさせます。そしてその黒髪山の山菅に「小雨」が降りしきると歌われているのが、この歌の肝腎《かんじん》なところです。弱い雨だけれども、しとしととあたり一面を被《おお》っていつまでも降り続く雨の情景が歌われているのです。そのような情景を頭に思い浮かべながら、「しくしく思ほゆ」という〈思いの文脈〉を受け止めてみてください。すると、黒髪の美しい女性のことが、いつも何だか気になって仕方ない男の歌に見えてこないでしょうか。序詞というのは、「しくしく思ほゆ」のような、何も具体性を持っていない〈思いの文脈〉に、具体的な情景（〈景物の文脈〉）を重ねることで、恋心に具体的な〝かたち〟を与える働きを持っているのです。

そのことを確かめるために、次の歌と比較してみましょう。

夢《いめ》のみに継ぎて見えつつ高嶋《たかしま》の磯越《いそ》す波のしくしく思ほゆ　作者未詳（万葉集・巻七）

訳▼故郷の妻が夢に続けて現れて…高嶋の磯を越す波…頻りに頻りに妻のことが思われてならない。

これは旅の歌です。旅先で故郷に残してきた妻を連日夢に見て、その妻のことばかり考えてしまう、と歌われています。「しくしく思ほゆ」の上に、「高嶋の磯越す波の」という序詞が置かれています。序詞は、このように歌の途中に置かれることもあります。「高嶋」は琵琶湖西岸の地名です。先の歌と同じく、「しくしく思ほゆ」と歌われるのですが、その思いは「高嶋の磯越す波」のイメージを残しつつ受け止められることになります。どうでしょう、こちらの「しくしく思ほゆ」ははとばしるような激情に見えないでしょうか。同じ「しくしく思ほゆ」なのですが、一方はしとしとと降り続く小雨のイメージと重ねられ、一方はザッパーンと勢いよく磯を越える波のイメージと重ねられるのですから、両者はかなり違う恋心を表現していることになるでしょう。

サブリミナル効果

このような働きを持つ序詞は、現代語訳しようとすると、途端《とたん》に苦しくなります。いま比較してみた「しくしく思ほゆ」の二首ならば、「…小雨が降りしきるように、頻りに頻りに…」とか、「…磯を越す波のように、頻りに頻りに…」と訳しても何とか意味が通じますが、それは〈景物の文脈〉と〈思いの文脈〉との比喩の関係が比較的明確だからで、いつも「…ように」でうまくいくとは限りません。

多摩川にさらす手作りさらさらに何そこの子のここだかなしき　作者未詳（万葉集・巻十四）

訳▼多摩川でさらす手織りの布…さらにさらに、どうしてこの女の子がこんなにも愛しくてたまらないのか。

この歌は多くの高校の教科書にも載せられている歌です。「万葉集」の巻十四には、「東歌《あずまうた》」といって、東国風の歌が集められていますが、その中に出て来る武蔵国《むさしのくに》の歌です。「多摩川」は現在東京都南西部を流れている多摩川です。そこで布を晒《さら》す手作業が序詞に歌われ、「さらす」と「さらさらに」という同音の繰り返しで〈思いの文脈〉に乗り換えていく形になっています。この歌の場合は、「多摩川でさらす手織りの布のように、さらにさらに…」と訳してみても、どういう意味なのかよくわからないでしょう。このように音の繰り返しで転換する序詞の場合、「さらす手織りの布、その『さら』ではないが、さらにさらに…」などと訳されたりしますが、そう訳してみても、この序詞の持つ働きは全く表すことができません。現代語訳というのは便宜でしかないのです。それでは、この歌の序詞、〈景物の文脈〉はどのような働きを持つのでしょうか。

当時、布を晒す作業は女性の仕事でしたから、この〈景物の文脈〉は、多摩川で布晒しをする女性の像を呼び起こします。そして「さらさらに」という言葉の持つ音感は、おそらく布晒しの清らかな水音をも感じさせる働きがあるのでしょう。また、布を冷水に晒すのは、より白く仕上げるためですから、晒したての真っ白な布の清らかなイメージも伴っているのでしょう。「手作り」という語からは、布を織って晒す女性の美しい白い手も連想されるかもしれません。そのようないろいろな残像を残しつつ、「どうしてこの子がこんなにも愛しいのか」という〈思いの文脈〉が出て来ることになるのです。こうなると、もう現代語訳でその働きを表すのは無理です。序詞という技法は、現代語訳できるような一面的な働きを越えて、さまざまなイメージのふくらみを〈思いの文脈〉に重ねる効果を持っているのです。

「サブリミナル効果」という言葉を聞いたことがあるでしょうか。「サブリミナル」というのは「潜在意識《せんざいいしき》の」という意味で、たとえば映画を上映する時に、観客が気づかないようにコーラやポップコーンの映像を映画のコマの中に入れておくと、休憩時間のコーラやポップコーンの売り上げが上がるという、潜在意識に働きかける効果のことです。現在はこのような宣伝手法は禁止されています。序詞は〝気づかないように〟ではないので、「サブリミナル効果」と全く同じとは言えませんが、意味的には無関係に見える情景や意味合いが、読む人の頭の中（潜在意識）に残像として残り、それが〈思いの文脈〉の理解に無意識のうちに影響を与えるという点は、「サブリミナル効果」に似たところがあります。序詞という形式は、〈景物の文脈〉と〈思いの文脈〉とを、どのように結びつけて解釈すればよいかについては、何も語ってくれません。〈景物の文脈〉から何を受け取り、それをどのように〈思いの文脈〉に重ねてゆくか。それは読む人の感覚（潜在意識）に委《ゆだ》ねられているのだと言ってもよいでしょう。

心の理解に正解なし

ここでもう一度、最初に示した三首の歌（A〜C）に戻ってみましょう。最初に示した「現代語訳」

では、〈景物の文脈〉と〈思いの文脈〉との間を「…」でつないでいますが、これは今述べたように一面的な現代語訳では表現しきれない〈景物の文脈〉と〈思いの文脈〉との関係を何とか表したいという思いからの工夫です。

Aの歌の序詞では、「ほととぎすが鳴く五月のあやめ草」が歌われます。「ほととぎす」という鳥は、夏を代表する鳥ですが、その一方で、「万葉集」以来、鳴き声が恋の物思いを引き起こす鳥として歌に詠まれています。五月は現在はとても季候の良い時期ですが、旧暦の五月は、今で言えば六月の梅雨の時期にあたります。鬱陶《うっとう》しい梅雨の時期、しかも物思いを掻《か》き立てるほととぎすの鳴き声に包まれつつ、くっきりと美しく咲く「あやめ草」。そのような情景を残像として残しつつ、「あやめも知らぬ恋」が歌われるのがAの歌です。そしてこの歌を読む人は、序詞が描く情景によって「あやめも知らぬ恋」という心の〝かたち〟を感覚的に掬《すく》い取ることができるのです。

Bの歌には、歌の詠まれた状況を示す説話が付けられています。ある男が妻がいるにもかかわらず新しい妻を儲《もう》けて、大和国の自宅から河内《かわち》国の新しい妻のもとへ竜田山を越えて通っていた時、本妻がそれを嫌がるそぶりも見せずに送り出すので、もしや浮気をしているのかと逆に疑った男が、出かけたふりをして庭の植え込みに隠れて見ていると、夜中まで物思いに沈んでいた本妻がこの歌を詠み、それを聞いた夫は新しい妻のもとには行かなくなった、という説話です。非常に似た話は、「伊勢物語《いせものがたり》」や「大和物語《やまとものがたり》」にも載《の》せられています。この歌の〈思いの文脈〉の「夜半にや君がひとり越ゆらむ」を、夫の身を案じる内容ととるか、それとも物思いや嫉妬《しっと》の表現ととるかは難しいところです。「大和物語」では明らかに嫉妬の歌と解されているようです。そのような解釈の揺《ゆ》れが生じてくるのも、序詞の働きをどのように理解するかによります。「風吹けば沖つ白波（たつ）」は、響きは美しいですが、海の沖に（岸辺ではなく）白波が立つのは海が大荒れの時ですから、実は普通ではない危険な情景を表しています。そのイメージを「竜田山」に重ね合わせると、危険な竜田山を、夜半に、しかも一人で越えている夫の身を案じる歌となるのでしょう。一方、荒れ狂う海のイメージを作者である本妻の心情にまで広げて解釈すれば、表面上は何気ないそぶりをしている本妻の心に渦巻く物思いや嫉妬の歌となるのです。おそらくそのどれもが正解で、だから男は新しい妻のもとに行かなくなったのでしょう。

Cの歌は〈景物の文脈〉と〈思いの文脈〉との間にある比喩的な関係が比較的明確な歌ですが、それでも「夏の野の繁みに咲ける姫百合」を作者自身と重ねるか、それとも恋心の比喩と見るか、あるいは歌全体にある雰囲気をもたらすものと見るか、その解釈にはやはり幅があります。しかしだからこそ、これを読む人は、それぞれの感覚で「知らえぬ恋」の苦しさを、具体性を持って感じ取り、理解することができるのです。

心が伝わった⁉

歌は人の心を表現し伝えるものですが、悲しいことに、人の心ほど表現しにくく、また伝わりにくいものはありません。同じ心を共通して体験することはできないからです。でも、心の外にある「あやめ草」「沖つ白波」「姫百合」「磯越す波」などは、人の心のわからなさに比べれば、まだ共通の体験として感じることができます。これまで私は、歌の心が理解できているかのような説明をしてきましたが、はたして作者が本当にそのような思いで作ったのかどうかは、実はわかりません。けれども、序詞の持つ具象的なイメージを頭の中に残しつつ〈思いの文脈〉を読むと、何となく作者の心がわかったような気がするのです。この「わかったような気がする」というのが、実はとても大切なことなのです。序詞は、表現しにくく伝わりにくい人の心に形を与え、心が表現できたかも知れない、心がわかったかも知れない、という感覚を抱かせてくれる表現技法なのです。

▼大浦誠士

第3章◉【見立て】みたて

風景をありえないものに一変させる、
言葉の力。

見立ての定義

古典和歌の重要なレトリックの一つに「見立て」があります。「見立てる」という動詞は「そのものとみなす、なぞらえる」という意味を持ちます。和歌における「見立て」の典型的な例といえるのは、たとえば次のような歌です。

A　み吉野《よしの》の山辺に咲ける桜花雪かとのみぞあやまたれける　紀友則《きのとものり》（古今集・春上）

訳▼吉野山のあたりに咲いている桜の花は、まるで雪かとばかりに見まちがわれることだ。

Aは「古今和歌集」の撰者《せんじゃ》（和歌集を編纂した人）の一人である紀友則の歌です。「み吉野の山」は大和国（現在の奈良県）吉野郡一帯の山のこと。「み」は吉野という地名を誉める美称です。季節は春。吉野山はいま、桜の花ざかりを迎えています。その風景を遠くから眺めて、「吉野山の桜は、まるで真っ白な雪かと錯覚してしまうほどに美しいことだなあ」と感嘆したのがAの歌です。山肌を覆い尽くすかのように咲いている「桜」（これを「ⓐ」としましょう）の美しさが、そこには存在しない「雪」（これを「ⓑ」としましょう）にたとえることによって、はっきりと表現されています。このような歌をⓐとⓑの見立ての歌と呼びます。現代の私たちも、散る桜を雪にたとえた「花吹雪」ということばを持っていますが、このことばの中には、古典和歌以来の美意識が継承されていることがわかります。

「見立て」は比喩の一種ですが、ⓐとⓑにあたるものがいずれも、目で見、手で触れることのできる「物」であるところに特徴があります。たとえば「恋する心」のような形のないものを「炎」にたとえるといった表現は、「見立て」の仲間には入りません。「見立て」とは、そこに存在する「物（＝ⓐ）」のある一面を、存在しない別の「物（＝ⓑ）」のイメージを持ち出すことによって、際立たせる表現技法です。そしてⓐとⓑとを結びつける鍵となるのは、多くの場合、目で見た時に似ていること、つまり視覚的な類似です。Ａの歌でしたら、「桜」と「雪」とが、「白さ」という色の類似性を鍵として結びつけられています。このようなことを踏まえて「見立て」を定義すると、少し理屈っぽい言い方ですが、次のようになるでしょう。

見立てとは、視覚的な印象を中心とする知覚上の類似に基づいて、実在する事物ⓐを非実在の事物ⓑと見なすレトリックである。

この定義の中で「視覚的な印象を中心とする知覚上の類似」という、まわりくどい言い方をしたのは、ごく少数ですが、耳で聴いた時に似ていること、つまり聴覚的な類似を取り上げる歌も存在するからです。古典和歌の中には、たとえば「松風を琴の音と聴く」「紅葉の散る音を雨音と聴く」といった歌があります。現代の私たちには、少しわかりにくい感じ方かもしれません。

本当は似ていない？

ところで、Aの歌の中で「見立て」によって結びつけられた「桜」と「雪」は、本当に似ているのでしょうか。桜は春に地上で花開く植物です。いっぽう雪は気象現象の一つで、季節は冬に属しています。この二つはまったく別のものなのではありませんか。本当は似ていない二つのものを、「白さ」という印象深いたった一つの類似性によって、半ば強引に結びつけてしまう、言い換えれば、それ以外の相違点はすべて捨ててしまう。このような潔いほどの取捨選択と誇張とが、「見立て」というレトリックの命です。「見立て」には発見的思惟《しい》と驚きがともなっています。「見立てる」ことによって、それまで何気なく見ていたものの中から、思いがけない本質が立ち現われてきて、世界が変わって感じられるのです。「桜」は「雪」よりもむしろ同じ植物である「梅」に似ていますが、「桜」を「梅」にたとえても、あまり面白くありませんね。「桜」を「雪」と見なすことによって、それぞれの真っ白な美しさが際立ち、さらには、ことばの力によって「花ざかりの吉野山」を「雪景色」に一変させるという知的な喜びが得られるのです。

見立ての歴史

詩歌の歴史をたどると、「見立て」はもともと、漢詩文に見られるレトリックでした。たとえば次に挙げるのは、盛唐の詩人李白《りはく》の有名な詩の一節です。

牀前《しやうぜん》月光を看《み》る／疑ふらくは是《こ》れ地上の霜かと　李白（「静夜思」）

訳は「寝台の前にさしこんだ月光を見つめる、これは地上に降りた霜かと疑われる」というもの。秋の夜に寝室にさしこんでいる白い月の光を、まるで地上の霜のようだと捉《とら》えている、つまり「月光を霜に見立てている」のです。万葉の昔から、日本人は漢詩や漢文から多くのものを学び取って、自分たちの文学を形成してきました。和歌における「見立て」の先駆的《せんくてき》な例も「万葉集」の中の男性官人たち、つまり漢詩文に習熟していた人々の歌の中に登場します。奈良時代の歌人である大伴旅人《おおとものたびと》は、梅の花をめでる宴会の席で、

わが園に梅の花散るひさかたの天《あめ》より雪の流れ来るかも　大伴旅人（万葉集・巻五）

という歌を詠んでいます。「ひさかたの」は「天」にかかる枕詞（第1章参照）。訳は「私の家の庭に梅の花が散っている。空から雪が流れてきたのかと思われることだ」となります。「梅」を「雪」に見立てているのです。このような、漢詩文由来の表現と発想を摂取《せっしゅ》して日本語の歌を豊かなものにしていくというあり方は、和歌の歴史全般に通じるものです。

そして十世紀初頭に成立した「古今和歌集」において、「見立て」は、「掛詞《かけことば》」（第4章参照）や「縁語《えんご》」（第5章参照）と並んで、最も重要なレトリックの一つとして定着しました。「古今和歌集」には千百十一首の歌が収められていますが（写本《しゃほん》によって歌数に異同があります）、ざっと数えてみても、百首近くの歌に「見立て」が用いられています。これは驚くべき多さではありませんか。「見立て」という想像力

の働きが、「古今和歌集」の歌人たちにとって、とても大切なものであったことがわかります。

自然と自然の見立て

では「見立て」にはどのようなパターンがあるのでしょうか。「古今和歌集」の「見立て」にはさまざまな種類がありますが、それらは、

①自然と自然の見立て
②自然と人事の見立て

の二つのパターンに大別することができます。

まず①「自然と自然の見立て」について検討してみましょう。このパターンには、冒頭に掲《かか》げたAの歌にも見られた「雪と花の見立て」（花には「桜」「梅」「卯の花」があります）を始めとして、「波と花の見立て」「花と雲の見立て」などがあります。これらはいずれも、「白」という視覚的な類似を鍵として成り立っています。そして、「雪↓花／花↓雪」「波↓花／花↓波」「花↓雲／雲↓花」という双方向の表現が見られるという特徴が認められます。たとえばAと同じく紀友則が詠んだ歌に、次のようなものがあります。

雪降れば木ごとに花ぞ咲きにけるいづれを梅とわきて折らまし　紀友則（古今集・冬）

この歌には「雪の降りけるを詠める（雪が降っているのを詠んだ歌）」という詞書《ことばがき》（和歌の前に記され、その歌が詠まれた事情を説明した文章）がついているので、雪景色を詠んだことがわかります。おおよその意味は「雪が降ると、あの木にもこの木にも花が咲いたように見える。どれを梅だと区別して手折ったらよいだろうか」というもの。木々にふんわりと積もった白い雪を、梅の花に見立てているのです。最初に例示したAは「花（桜）から雪へ」という方向の「見立て」でしたが、右の歌では逆方向の「雪から花（梅）へ」という「見立て」が行なわれています。雪から花へという「見立て」の背景には、寒い雪の中で春の訪れを待ち望んでいる気持ちも感じられます。ちなみに、この歌には「木」と「毎《ごと》」を組み合わせると「梅」という漢字ができるという、ことば遊びの要素も見られます。

自然と人事の見立て

次に②「自然と人事の見立て」について検討してみましょう。このパターンには「紅葉と錦の見立て」「柳と糸の見立て」などがありますが、通常、自然から人事への一方向にしか働きません。具体例として「紅葉と錦の見立て」の歌を見てみましょう。

B　**神奈備《かむなび》の三室《みむろ》の山を秋行けば錦たちきる心地こそすれ**　壬生忠岑《みぶのただみね》（古今集・秋下）

訳▼神奈備の三室の山を秋に越えて行くと、私の身にも紅葉が散りかかって、錦を裁《た》って着物として……着ているような気持ちがすることだ。

Bは、これもまた「古今和歌集」の撰者の一人である壬生忠岑の歌です。「神奈備の三室の山」は、元来は「神が天から降りてくる聖なる山」という意味の普通名詞でしたが、この歌では、大和国斑鳩《いかるが》町あたりの竜田川《たつたがわ》流域の山をさしています。古典和歌の世界では、竜田川の一帯は紅葉の名所であるというイメージがありました。「錦」は金や銀などさまざまな色の絹糸を縦糸・横糸にして織り上げた華麗な織物で、今も昔も大変な貴重品です。「たちきる（裁ち着る）」は錦を裁断して縫い、衣として着ることです。Bは、秋も深まったころに、しんと静まりかえった神奈備の三室山を越えて行くと、私の身にも色とりどりの紅葉が散りかかって、まるで鮮やかな錦を裁《た》って衣としてまとっているような気がする、と歌っています。このように「紅葉と錦の見立て」とは、紅葉という大自然の色彩美（＝ⓐ）を、人間が作り上げた最高級の品である錦（＝ⓑ）にたとえた表現です。秋の山路を越えて行く旅は心細いことでしょうが、紅葉の錦をまとっているのだと思うと、少しだけ華《はな》やいだ気分になるかもしれません。

見てわかるとおり、Bの歌の中には、現代語訳で補足したような「紅葉」ということばはありません。けれども当時の人々には、「錦」と言えば「紅葉」のたとえであるという暗黙の了解がありました。「紅葉と錦の見立て」の例には、「百人一首《ひゃくにんいっしゅ》」の歌としても知られる、菅原道真《すがわらのみちざね》の歌などもあります。

このたびは幣《ぬさ》もとりあへず手向山《たむけやま》紅葉の錦神のまにまに　菅原道真（古今集・羇旅《きりょ》）

大意《たいい》は「この度《たび》は急ぎの旅で、神様に手向ける幣帛《へいはく》を用意することもできませんでした。その代わりに手向山の美しい紅葉を捧げますから、お気に召すままにご嘉納《かのう》くださいませ」となります。「紅葉の錦」という言い回しは、現代の私たちにもなじみ深いものですし、手紙の冒頭に書き記す時候《じこう》の挨拶の中にも、紅葉の鮮やかな時節を意味する「錦秋《きんしゅう》の候」というものがあります。

「自然と人事の見立て」の中から、もう一首、今度は少しこみ入った歌を取り上げてみましょう。次の歌の中には、二種類の「見立て」のコンビネーションが見られるのですが、どの部分かわかりますか。

浅緑《あさみどり》糸よりかけて白露を玉にもぬける春の柳か　僧正遍昭《そうじょうへんじょう》（古今集・春上）

この歌に詠まれているのは、春先のみずみずしい柳の枝に露が降りているという光景です。訳は「浅緑色の糸を縒《よ》って懸《か》けて、白露の宝玉を貫いている春の柳であることよ」となります。この歌のメインテーマである「柳」は、早春に青々とした若葉の芽吹《めぶ》くさまが美しいことから、古典和歌の世界では春の景物とされました。柳のしなやかな枝は、しばしば「糸」に見立てられます（「柳糸《りゅうし》」という漢語もあります）。そして、その柳の枝に降りた「白露」が「玉（宝石）」に見立てられています。

この歌の中には、「柳と糸の見立て」と「露と玉の見立て」という二種類の「見立て」が並存しているのでした。さらに、「柳が糸によって露を貫く」という文脈を作っていますから、植物である「柳」を、まるで人間のような意志を持った存在として捉えている、つまり、柳を擬人化していることもわかります。全体として「柳の枝に露が降りている」という光景が、「柳が、自分の枝という糸によって、宝石のような露を貫いている」という人間的な営為《えいい》として再構成されているのです。まるで柳の精霊が真珠のネックレスを作っているかのようですね。このように②「自然と人事の見立て」は、擬人法と密接な関わりを持ち、自然の精妙なあり方を人間のさまざまな営みに置き換えて捉え直していくという機能を持っています。

紀貫之の手腕

先に述べたとおり、「古今和歌集」の歌人たちは好んで「見立て」というレトリックを用いていますが、その中でも水際《みずぎわ》立った手腕を発揮したのは、撰者の一人で「仮名序《かなじょ》」（仮名で書かれた序文。漢文で書かれた「真名序」に対していう）の筆者でもある紀貫之《きのつらゆき》でした。貫之は「見立て」の名歌を数多く残していますが、最も美しく最も不思議なのは、次の歌でしょう。

…………

C　**桜花散りぬる風のなごりには水なき空に波ぞ立ちける**　紀貫之（古今集・春下）

訳▼桜の花が散ってしまった風の名残には、水のない空に白い波が立っている。

……

Cは、①「自然と自然の見立て」の一種である「桜と波の見立て」の歌です。現代の私たちも、波のしぶきを花にたとえた「波の花」ということばを持っています（俳句の世界では、厳冬の荒海の波しぶきをいう冬の季語ともなっています）。また歌曲「花」（武島《たけしま》羽衣《はごろも》作詞・滝廉《たきれん》太郎《たろう》作曲、「春のうららの隅田川…」という歌い出しの曲です）の中に、「櫂《かい》の雫《しずく》も花と散る」という一節があることを思い出す人もいることでしょう。「波」と「花」に視覚的な類似性があることは、私たちにもある程度納得がいきます。

さて、Cの歌では「風に乗って散っていった桜花」が、「空に立つ波」に見立てられているのですが、具体的にはどのような光景を思い描いたらよいのでしょうか。桜はすでに散ってしまいました。花を散らした風だけが、名残《なごり》のように空に吹き渡っています。風とともに白い花びらも空に漂っているような……、そして、水などあるはずもない空に白い余波《なごり》が立っているような……。Cに歌われているのは、このような美しく不思議なイメージです。絵に描くのは、ちょっと難しい感じです。

この縹渺《ひょうびょう》としたイメージは、理知的に組み立てられたことばによって、形成されています。一読してわかるとおり、Cの歌には「桜花」「散る」「風」「なごり」「水」「空」「波」「立つ」といったことばが連なっていて、「桜は波のように見えるなあ」というようなシンプルな作りではありません。これらはどのように組み立てられているのでしょうか。一連のことばの要となるのは、三句目の「なごり」です。「なごり」という語には、物事の過ぎ去ったあとに残る気配《けはい》の意味の「名残」と、風が止んだあとに水面に残る波の意味の「余波」が掛かっています。「なごり（名残／余波）」という掛詞が、ちょうど蝶番《ちょうつがい》のように働いて、「桜花散りぬる風の名残」と「水なき空に立つ余波」という二つが結びついている、というのがCの歌の構造です。図示すると、次のようになります。

〔桜花・散る・風〕↓ 名残 余波 ↓〔水・空・波・立つ〕

図の上半分が実在の事物（実像）、下半分が非実在の事物（虚像）にあたります。

さらに空に舞う「花」が「波」に見立てられることにともなって、「空」全体が「海」のイメージに置き換えられていることもわかります。「空を海に見立てる歌」には、早く「万葉集」の中に、

天《あめ》の海に雲の波立ち月の船星の林にこぎ隠《かく》る見ゆ（万葉集・巻七　柿本人麻呂歌集《かきのもとのひとまろかしゅう》）

というスケールの大きな先例がありました。大意は「大空の海に雲の波が立って、月の船がたくさんの星々の林の中をこぎ隠れていくのが見えることだ」というもの。この万葉歌では、空を渡る月を海を進んでいく船と見なすことから、「空→海／雲→波／月→船／星→林」という見立てが行なわれています。一つ一つの「見立て」が「天の海」「雲の波」と明示されているので、わかりやすいでしょう。

貫之のCの歌にも「空と海の見立て」が認められるのですが、注目したいのは「空に立つ波」ではなく、「水なき空に立つ波」という打消しを含み込んだ表現が選び取られていることです。空に

は水などない、だから本当は波が立つはずもないことを念押しして、「波」が「見立て」によって作り出された虚像であることを強調しているのです。Cの歌は、ことばの力によって「存在しないもの」のイメージを作り出す「見立て」というレトリックの不可思議さを、みずからの表現の中に明示しているといえるでしょう。と同時に、「なし」という打消しが続くにしても、歌の中に一度は「水」ということばが登場したために、この歌を読む私たちの脳裏には、風によって白く波立っている広々とした水面の映像が浮かぶのではないでしょうか。「ⓐとⓑの見立て」において大切なのは、眼前に存在する実在の事物（＝ⓐ）だけではありません。ことばの力によって描き出された非実在の事物（＝ⓑ）のイメージも、同じだけの重みをもって、私たちの心に働きかけてくるのです。非実在の事物の大切さは、Aの歌の「雪」のイメージの清冽《せいれつ》さや、Bの歌の「錦」のイメージの華やかさからも確認できるでしょう。

「古今和歌集」をひもとくと、春上巻から春下巻にかけて、実に四十一首もの桜の歌が並んでいることに気づきます。古典の時代の人々が桜という花をどれほど愛していたかがうかがわれる歌数です。それらの歌は、咲き初めた桜から始まって、満開の桜をめでる歌、散ることを惜しむ歌というように、時の推移に従って配列されています。紀貫之のCの歌は、このような桜の歌群の末尾に、全体のしめくくりの歌として置かれているものでした。この歌は、愛してやまない存在がなくなってしまったあとに、ことばの力によって、そのイメージの精髄《せいずい》を再生する試みであるといえるでしょう。「見立て」というレトリックは、そこには存在しないさまざまなものを呼び覚ます、詩的な想像力の要となるのです。

▼鈴木宏子

第4章◉【掛詞】かけことば

自然と人間を二重化した、
意外性の世界。

たくさんの思いを伝える工夫

A
山里《やまざと》は冬ぞさびしさまさりける人目《ひとめ》も草もかれぬと思へば　源《みなもとの》宗于《むねゆき》（古今集・冬）

訳▼山里は冬の季節にこそ、ひとしおさびしさが感じられるよ。人の訪れも途絶《とだ》え、草も枯れてしまったと思うと。

この歌の舞台は、山里。にぎやかな平安の都を遠ざかり、山の中にひきこもって暮らしている人の思いをうたった一首です。ひとりになりたいと望み、いざそれが実現すると、こんどは人恋しさがつのってくる、人間とは矛盾した感情の間をゆれ動く存在なのかもしれません。山里の住まいは、ただでさえさびしいもの。それが、冬の季節はことさらさびしさが身にしみるというのです。この歌には「かれぬ」という一つの言葉に「離《か》れぬ」と「枯れぬ」の二つの意味が込められています。「人目」とは、会いにくる人があること、人の出入りを意味します。春や夏、秋の季節なら、来訪者もいたことでしょう。冬になると、山の住まいでは雪に降《ふ》り籠《こ》められることも、珍しくなかったはずです。来訪者の足は遠のき、絶えてしまう。草花も枯れはてて、もはや目を楽しませ、心をなぐさめてくれるものは何一つない。そのような自らの置かれた状況と自然の風景、「人目も離れぬ」「草も枯れぬ」というべきところを重ね合わせて「人目も草もかれぬ」という表現でまとめたというわけです。このレトリック、修辞《しゅうじ》技巧が、「掛詞」とよばれるものです。

歌人たちは、原則として五・七・五・七・七の三十一文字（音）の限られた範囲の中で、自分の言いたいことを表現しなければなりませんでした。国語のテストの、「三十字以内で説明しなさい」という字数制限の問題を思い浮かべてみてください。制限なく自由に書ければいいのになあ、もう少し書きたい、もどかしい思いは、多くの人が経験しているのではないでしょうか。昔の歌人たちも、同じ気持ちでした。一首には字数制限がある、けれども伝えたい思いは溢《あふ》れるほどたくさんある、そんな欲求から編《あ》み出されたスグレモノが、「掛詞」だったともいえるでしょう。一つの言葉で複数の意味を伝えることができれば、字数の節約になり、より多くの思いを相手に届けることができます。この画期的なアイディアは、和歌の修辞法として、とくに「古今和歌集」以後、さかんに用いられるようになっていきました。「なァんだ、掛詞は〝ダジャレ〟や〝ごろ合わせ〟と同じ仲間なのか」と感じた人は鋭いですね。でも、それほど単純ではありません。これから掛詞の奥深い世界へと、みなさんを案内いたしましょう。

掛詞の二つのタイプ

B　たち別《わか》れいなばの山の峰に生《お》ふるまつとし聞かば今帰り来《こ》む　在原行平《ありわらのゆきひら》（古今集・離別）

訳▼お別れをして、私はこれから因幡《いなば》に行くのですが、その因幡の山の峰に生えている松ではないけれど、あなたが私を待っていてくれるとお聞きしたならば、いますぐにでも帰って参りましょう。

…………

掛詞が成り立つ背景には、同音異義語の存在が指摘できます。さきほどの「人目も草もかれぬ」を例として図式化してみましょう。

人目も ┐
　　　 ├ かれぬ　（離れぬ）
草も　 ┘　　　　 （枯れぬ）

「人目」と「草」の二つの主語に対して、述語は「かれぬ」一つ、しかも二重の意味（離・枯）に働き、それぞれで体言（主語）を受けています。この場合、掛詞はいずれも用言（述語動詞）として機能していました。

「たち別れ」の歌は、どうでしょうか。作者は因幡国に国守《こくしゅ》となって赴任《ふにん》する身でした。離別《りべつ》の部に収められていますから、旅立っていく別れの場面での歌ということになります。おそらくは親族や友人ら、気心の知れた人々との送別の宴《うたげ》でよまれた歌だったのでしょう。この歌には、掛詞が二箇所で用いられています。図式化してみましょう。

①　たち別れ往《い》なば

② 因幡の山の峰に生ふる松

③ 待つとし聞かば今帰り来む

「往なば」と「因幡」、「松」と「待つ」が掛けられています。作者が伝えたい胸の内は下句《しものく》（和歌の後半部分（七・七））である③の部分。そのはじめの「待つ」という一点に、それまでの初句《しょく》以下が一気に流れ込んで来るような印象を与える作品です。「人目も草もかれぬ」の掛詞は、図式化するとよくわかりますが、豆電球を並列にして電池とつないだような形をしていました。並列型の掛詞といってもよいでしょう。この並列型とは明らかに異なっているのが、「たち別れ」で使われている二つの掛詞です。この歌の場合、①から②へ、そして②から③へと、文脈が二度、転換しているのがわかります。文脈が変わる箇所には、いずれも掛詞が使われていました。同音異義語とは、そもそも音は同じでも意味が違う別々の言葉を指します。その性質をうまく活《い》かしたなら、掛詞を転換点として、それまでの文脈をいったん閉じ、もう一つ別の意味を起点に、まったく新しい文脈を開始することができるはずです。このことを利用して、「たち別れ」の歌は①から②へ、さらに②から③へと、あたかもターミナル駅で列車を乗り継ぐように、一首が作られていたのでした。具体的に説明してみましょう。まず「いなば」駅。①の文脈は「往なば」で終了し、新たに「因幡」ではじまる②の文脈がスタートします。その②の文脈も次の「まつ」駅に到着すると、「松」で完結。そしてまた別な「待つ」ではじまる③の文脈がスタートする、というわけです。「人目も草もかれぬ」が並列型の掛詞、であるとすれば、「たち別れ」の掛詞は、連接型の掛詞といえるでしょう。前者が一語を「離れぬ／枯れぬ」と二つの意味に分けていたことに注目すれば、「分配型の掛詞」と定義してよいかもしれません。いっぽう後者は、まったく異なる文脈をつなぎ合わせる機能に着目すれば、「結合型の掛詞」とでもいえるでしょうか。掛詞には、大きく分けて並列分配型と、連接結合型とがある、と思って下さい。

イメージを豊かにする

「たち別れ」の歌、前段では掛詞の位置で①／②／③の三つに分けましたが、実は①と③は同じ文脈で、そこに異質な②が割り込んだ形なのでした。①と③が人間の行動をうたっているのに対し、二つの掛詞「因幡」と「松」で区切られた②は、自然の風景そのもの。この歌の骨格は、

たち別れ往なば、「待つ」とし聞かば今帰り来む。

という文脈につきています。私は都を去っていきますが、「待っていますよ」という声が聞こえたなら、いつでも帰ってきますから。でも、そうしたストレートな惜別《せきべつ》の思いだけで一首が終わってしまうのは、味気《あじけ》ないと考えたのでしょう。これから下っていく任国、因幡の名所を読み加えることで、作者は送別の席に連なる人々の脳裡《のうり》に、遠い赴任先の風景を具体的にイメージさせることを試みたのです。「往なば」「待つ」という人間の行動に同音異義語を重ね合わせて「因幡の山の峰に生ふる松」という現地の風景を大胆にはめ込んだのでした。けれども掛詞のおかげで連接もなめら

かに違和感なく収まり、叙景《じょけい》が加わったことで厚みのある、見事な一首に仕上《しあ》がったのでした。「往なば」から「因幡」へ、人間の動作・行動から同音を介して地名へと続ける、このような掛詞の用法は、意外に多いのです。次の歌も、そうした例の一つです。

これやこの行《い》くも帰《かへ》るも別《わか》れては知《し》るも知《し》らぬもあふ坂《さか》の関《せき》　蟬丸《せみまる》（後撰集・雑一）

訳▼これがまあ、都から東国《とうごく》へと行く人もそれを見送って都へと帰る人もここで別れ、一方で知っている人も知らない人もここで会うという、逢坂《おうさか》の関なのだなあ。

山城国《やましろ》（京都府）と近江国《おうみ》（滋賀県）の境にある逢坂山には、関所が置かれていました。有名な逢坂の関です。都から見て、この関よりも向こう側の地域が、当時は「関東」（関の東の意）、東国《とうごく》でした。東国に赴《おもむ》く知人がいると、都の人々はこの関所まで同道し、見送ったと伝えられています。そのような別れの場所であると同時に、いっぽうではまた、見知った者も知らない者も出会う、文字通り逢坂の関であったよ、という一首です。「逢坂」は旧かなづかいでは「あふさか」、「会坂・相坂」と表記されることもありました。「知るも知らぬも会ふ」から「逢坂の関」へと続ける、連接の役割を、掛詞がはたしているのです。

自然と人間を結ぶ

掛詞とは、繰り返しますが、同音異義語を利用して一つのことば（音）に複数の意味をもたせる修辞上の技法です。「枯れ」と「離れ」、「因幡」と「往なば」、「松」と「待つ」、「逢坂」と「会ふ」。このほかにもたとえば「長雨《ながめ》」と「眺め」、「夜」と「寄る」、「秋」と「飽き」、などがあげられるでしょう。感覚の鋭い人なら、もしかすると掛詞について、何か気づいたかもしれませんね。「枯れ」「因幡」「逢坂」「松」「長雨」「秋」「夜」などは、いずれも自然界に存在する景物《けいぶつ》・地名・景観、あるいは気象、時の移ろいと密接に関係しています。いっぽう「離れ」「往なば」「待つ」「会ふ」「飽き」「寄る」などは、人間の感情や行動を表す言葉ばかりです。

和歌の歴史をさかのぼると、古来より日本人は、景物や風景など、自然を対象に歌をよんできました。自然をじっと観察しているうちに、外界《げかい》の景色に触発《しょくはつ》されてしだいに歌人の内部に感情が熟成され、形を成《な》し言葉となり、一首の和歌として発現してくる、それが古代の和歌の一般的な姿でした。

近江《あふみ》の海夕波千鳥《ゆふなみちどり》汝《な》が鳴けば心もしのに古《いにしへ》思ほゆ　柿本人麻呂《かきのもとのひとまろ》（万葉集・巻三）

訳▼琵琶湖の暮れがた波にたわむれている千鳥よ、おまえが鳴くので心もしんみりと昔のことが思い出されてならないよ。

近江（滋賀県）の海とは、琵琶湖のことです。琵琶湖の夕景をながめているうちに、千鳥の鳴き声を耳にした作者の心中に、ある種の感情が形成され、それが三十一音の文学となって口をついて出てきたというわけです。

風景で心を伝える〝魔法のことば〟

C　**難波江《なにはえ》の葦《あし》のかりねの一《ひと》よゆゑみをつくしてや恋《こ》ひわたるべき**　皇嘉門院別当《こうかもんいんのべつとう》（千載集・恋三）

訳▼難波江の葦の刈《か》り根《ね》の一節のように、短い旅先《たびさき》での一夜の仮寝《かりね》のために、難波の澪標《みおつくし》ではないけれど、この身をささげて、ひたすら恋慕い続けるというのでしょうか。

もともとは「旅宿《りょしゅく》に逢《あ》ふ恋《こひ》」という題（テーマ）でよまれた題詠《だいえい》（第10章参照）の歌でした。旅先の宿《やど》での一夜《いちや》かぎりのはかないロマンスをうたった作品です。「刈り根」と「仮寝」、「一節《ひとよ》」と「一夜《ひとよ》」、そして「澪標《みをつくし》」と「身を尽《つ》くし」。これでもかと掛詞が多用されていますし、加えて縁語《えんご》（第5章参照）も複雑です。しかし、言葉の続き具合はよく練《ね》られていて、むしろすっきりとした美しささえ感じられる一首です。難波江とは大阪湾の遠浅《とおあさ》の海岸、とくに淀川河口あたりを指しますが、古く「万葉集」の時代から、葦の一面に生い茂る景色が好みよまれてきました。葦の短いひと節にもたとえられるような、つかの間の一夜。その短さに重ね合わせ、植物の葦に関係の深い言葉である「刈り」「根」と「仮寝」を掛けています。また難波の海には、舟の航行を助けるために、海上の道しるべとして「澪標」が建てられており、これも湾の景物として有名でした。この歌は初句のうたい出しから一見、難波の風景を描写しているように言葉を続け、二句・三句・四句の掛詞を橋渡しに、いつのまにか本来のテーマである人の世のはかない恋へと導いていくのです。このように、自然と人事と、二重の文脈が同時に成立するケースが多いのが、掛詞を用いた和歌の特徴でもあります。

難波江の葦の刈り根の一節（ゆゑ）澪標　自然詠　叙景
仮寝の一夜ゆゑ身を尽くしてや恋ひわたるべき　人事詠　抒情《じょじょう》

一夜の恋なのに、いやむしろ夢のような逢瀬《おうせ》だからこそ、相手への恋慕《れんぼ》を長くひきずらざるを得ない、作者がもっとも伝えたい下句へと読者を巧妙にいざなっていく、その仕掛けは、三つの掛詞が担《にな》っていたのでした。三十一文字の限られた世界を、豊かに押し広げることができる、重層的に立体的に、一首を変化に富んだ深みのあるものへと変える働きをもつ「魔法のことば」、それが掛詞なのだということが、実感としてわかっていただけたと思います。

不意打ちをしかける

王朝の貴族は、現代人のメールのように和歌で会話をしていました。和歌は今なら手紙にあたるとしばしば言われてきましたが、それよりもメールと同じと考えて下さい。ただでさえ狭い京都盆地に造営された平安京では、貴族たちは限られた範囲に集中して住んでいました。知人や恋人に和歌を届ける仕事は、文使《ふみづか》いの少年たちの担当です。主人から託《たく》された和歌を相手のもとに届けると、今度は相手からの返歌《へんか》をその場で受け取って戻ってくるのです。和歌を贈られたら、すぐに返歌をするのが礼儀でした。メールのように、和歌が一日に何往復されることもありました。貴族や女房が集《つど》う場所では、主人格の人物から何かの拍子に「歌奉《たてまつ》れ」と命ぜられることもありましたし、日常生活で和歌を突然よみかけられることさえあったのです。王朝の人々は誰でも、そのような機会には、しゃれた会話を楽しむように、周囲をうならせるような、気の利いた和歌がよみたいと思っていました。

掛詞は、表現の世界を広げ、豊かにし、複数の文脈を連接し一首に厚みを持たせる働きがありました。そしてもう一つ、その場にぴったりな、当意即妙《とういそくみょう》な和歌をよもうとする時にも、掛詞は威力を発揮したのです。それには、前提として同音異義語をたくさん知っていること、同時にそれを瞬時にしかも自由自在に操《あやつ》れる技量が必要でした。

D **大江山《おほえ》いく野の道の遠ければまだふみもみず天《あま》の橋立《はしだて》**　小式部内侍《こしきぶのないし》（金葉集・雑上）

訳▼大江山を越えて行く生野《いくの》の道は遠いので、私はまだ自分の足で踏んでみた経験すらありません、天の橋立を。もちろん、母からの手紙なども見てはおりませんから。

この歌がどのような時によまれたのか、まず詠作《えいさく》事情を説明しましょう。ある時、作者は歌合《うたあわせ》への出場を命じられました。歌合とは、対戦相手と和歌の出来《でき》ばえを競い合う競技会のようなもので、一番ごとに勝ち負けの判定がなされます。作者の母親は有名な歌人、和泉式部《いずみしきぶ》。この時は丹後《たんご》に下《くだ》っており、都には不在でした。ある貴公子が、彼女の所へ来て「歌はもう出来ましたか。丹後へ使いは出したのですか、まだ戻ってこないのですか、さぞかし気がかりで待ち遠しいことでしょうね。」とからかいます。いつもお母さんに代作してもらっているのでしょう、今回もそうなのでしょう？　そんな空気を察知《さっち》した小式部内侍は、すかさず「大江山」の歌をよみかけたのです。「文《ふみ》も見ず」（手紙なんか見ていない、カンニングなんかするものですか）がズバリ言いたいことですが、それではあまりに品がなさすぎます。そこでまず「大江山」でうたい出し「生野」そして国府に近い「天の橋立」と、道中の地名を三つも並べ、掛詞の連接を使って「大江山を越えて行く」「生野」と丹後までの旅程が遠いことを説明します。だからいまだに天の橋立をこの足で踏んでみた経験もない、と表面上はあくまでも丹後までの距離感を前に押し出して一首をまとめています。ところが実は、掛詞を用いることにより「踏みもみず」に「文も見ず」の意味を持たせ、表の意味とは別に、母親の助けなど必要ないと言外に強く主張していたのです。上句《かみのく》（和歌の前半部分（五・七・五））までは、お母さんが遠くにいて困っているだろうね、という相手のからかいに乗っかるかたちで丹後までの遠さを嘆《なげ》いているとみせて、掛詞からいっきに攻勢へと転じていく。相手の貴公子とは「百人一首」にも歌が選ばれている藤原定頼《ふじわらのさだより》。力量ある歌人でしたが、当意即妙な小式部内侍の和歌に見合うだけの返歌が作れず、逃げるように去っていたと伝えられています。

掛詞をうまく使うと、意外性や、不意打ちのような効果が生まれます。表の文脈の下に、思いも寄らない意味を込めることが出来るのです。機転の利く受け答えが賞賛された、サロンに宮仕えする女房歌人たちには、こうした掛詞の使い手（名人）が珍しくありません。意外性の掛詞、女流歌人に要注意。覚えておくとよいでしょう。

実は同音異義語ではなかった――掛詞の正体《しょうたい》

E　冬川の上はこほれるわれなれや下になかれて恋《こ》ひわたるらむ　宗丘大頼《むねおかのおおより》（古今集・恋二）

訳▼冬の川の表面が凍っているのと、私は同じなのだろうか。氷の下には水が流れているように、私も心の中では泣きながら恋慕い続けているのだろうか。

これまで、掛詞を同音異義語によって説明してきましたが、正確には、掛詞とは、「ひらがなの同じ文字列表記で二つ（まれにそれ以上）の異なった意味を表わす修辞技法」のことです。昔は濁点を表記しませんでした。当時の和歌はすべて清音で書き表されていたのです。この歌には掛詞が用いられていますが、「泣かれ」と「流れ」です。ひらがなには濁点を付けませんでしたから、発音が違っても表記上は「なかれ」と同じ文字列になります。和歌とは本来、声に出してうたわれ朗《ろう》唱《しょう》されたものですが、文字が広まり、和紙や文房具が普及するにつれて、文字で書き記されることも多くなっていきました。ちょうど「古今和歌集」の前後から、ひらがなの成立と展開に歩調を合わせるように、掛詞も発達していったのです。「泣かれ」と「流れ」、このような掛詞の事例もあることを、しっかりと覚えておいて下さい。

掛詞を見つけるヒント

最後に、掛詞を比較的簡単に見つける方法を伝授しましょう。古典作品のテキストは、もともと句読点も無く、漢字とひらがなの書き分けも厳密ではありませんし、宛《あ》て字と思えるような漢字表記も頻繁《ひんぱん》に出てきて、そのままではとても読み難《にく》いものです。現代の人々にも読みやすいテキストにするため、本文を整える作業を私も担当した経験があります。解釈しやすいように漢字をあてるのですが、掛詞には意味が複数ありますから、一方に〝えこひいき〟して、一つの漢字に変換することがためらわれるのです。結局、ひらがなのままにする、ということになります。「枯れぬ」「離れぬ」のどちらにも肩入れできずに、「人目も草もかれぬ」と書かざるを得ないのです。この章でも、「いなばの山の峰に生ふるまつと」「かりねの一よゆゑみをつくして」「いく野の道の遠ければまだふみもみず」、いずれも掛詞はひらがなの文字列で表記しています。気づいていましたか。

それまでふつうに漢字表記されていた景物（たとえば「松」）が、和歌になったとたんに、ひらがな表記（「まつ」）に変わっている、そんな場合は、そこに掛詞（「待つ」）が隠れていることが多いといえるでしょう。このことを覚えておくと、物語などの文章に和歌が一首二首、含まれている場合などに、掛詞を見つけ出す手がかりになるかもしれませんね。

▼小林一彦

第5章◉【縁語】えんご

作者がひそかに仕掛けた暗号。
〝隠れミッキー〟を探せ！

A　玉《たま》の緒《を》よ絶えなば絶えねながらへば忍ぶることの弱りもぞする　式子内親王《しょくしないしんのう》（新古今集・恋一）

訳▼わが命よ、絶えるのならばいっそ絶えてしまえ。生き長らえていると、堪えている恋心も堪えきれずに顕れてしまうかもしれないから。

縁語とは

和歌の修辞技巧の中で、縁語は定義するのが難しいものの一つです。もちろん、「縁語」は、和歌の中で意味的に関連の深い言葉、あるいはイメージ的に関係のある言葉などと説明することができます。たとえば、「火」であれば「燃える」や「消える」などがそうですし、「川」であれば「流れる」や「淀《よど》む」などが縁語です。つまり、言葉の連想によって広がるイメージの集合を縁語と定義することができます。

縁語と連想の違い

しかしながら、縁語と連想はよく似ていますが、まったく同じものではありません。それでは、どこが違うのでしょうか。

言葉の連想は時代によって違いがあって、同じ時代でも地域や年齢によって相当違っています。つまり、連想というのは知識や経験が共有された狭い世界でしか通じないのです。それに対して、縁語は千年以上詠《よ》み継《つ》がれた伝統を持つ和歌の中で、時代を越えて共有された共通了解でした。言葉の持つイメージについて、ゆるやかではあるけれども、発想の枠組みが歴代の歌人に共有されていたのです。このことは縁語に限らず、歌ことば全体にもいえることです。

　また、通常、連想というのは、言葉のイメージが際限なく広がっていくもので、そこが言葉の面白さでもあります。いわば線条的に連鎖した言葉の集合です。言葉遊び歌を例にとって説明しましょう。たとえば、煎餅《せんべい》という言葉が与えられると、煎餅は甘い、甘いは砂糖、砂糖は白い、白いはウサギ、ウサギははねる、というように、言葉の連想は無限に広がっていきます。しかも、その連想には決まりがあるわけではありません。その時々に脳裏に浮かんだ言葉が連想語になります。ところが、縁語はその言葉の周辺にあるイメージに限られます。たとえば、弓という語には(弓を)引く、(弓を)張る、(弓を)射る、といった言葉が縁語となります。「寄る」というのは、弓を引く時に弦が体に寄るから、弓の縁語と見なされます。つまり、縁語は、あくまでも一つの言葉を中心にして、そ

図１　連想と縁語

のまわりにある言葉に限定されるわけです。言わば、中心となる一語を中核として放射状に広がる語群を指します。多くの場合、その中心には名詞があり、その名詞を中核にして関連する言葉がイメージの広がりを持っています。関係のありそうな語がただ並べられているわけではないのです（図1）。

たぐり寄せられる言葉

具体的に冒頭Aの歌を見てみましょう。初句《しょく》「玉の緒」はもともと玉を貫《つらぬ》き通《とお》す紐《ひも》のことですが、玉は魂《たま》に通じるので「魂の緒」の意となり、「命」を導く枕詞（第1章参照）になりました。そこから「玉の緒」が命そのものを指す用法が生まれました。したがって、初句はわが命への呼びかけになります。この命がここで絶えるなら絶えてもかまわない、生き長らえると人目を忍ぶべき恋心がこらえきれずに外に顕《あらわ》れてしまうと困るからという意味です。作者の式子内親王は後白河《ごしらかわ》天皇の皇女《こうじょ》として、源平合戦の動乱を生きた歌人で、新古今時代を代表する女流歌人と言われています。この歌は「忍恋《しのぶこひ》」という題で詠まれたものです（第10章参照）。それは恋心を相手に打ち明けられず、悩み苦しむ心を内容とする、恋の初期段階に設定された題です。初期とはいえ、思いを隠しきれないことに対する激しい動揺と、その極限として自虐《じぎゃく》が描かれています。古来愛唱されてきた歌で、「百人一首」にも入集《にっしゅう》しています。なお、五句の「もぞ」は将来に対する懸念を表す用法です。隠しきれない恋心の情念のうねりがこの歌の特徴ですが、ここには修辞技巧である縁語が用いられています。それでは、この歌のどこに縁語があるのでしょうか。

この歌における縁語のイメージの中核には「緒」があります。紐や糸のことですが、その緒からの連想によって、「絶え」「長らへ」「弱り」といった語をたぐり寄せているのです。それらの絶え・長らへ・弱りといった語は順番に連想されるのではなく、緒―絶え、緒―長らへ、緒―弱りというように、緒をイメージの中核とする放射状の言葉の集合を形作っているわけです。線条的な連鎖ではなく、放射状の結びつきと記したのはそういう意味です。

縁語は歌の趣旨には関わらない

それでは、一語の名詞を中核として放射状に関連する言葉の集合が歌に詠み込まれていれば、それらを縁語と認定してよいのでしょうか。たとえば、次の歌の場合を考えてみましょう。

惜しめども散りはてぬれば桜花いまは梢《こずゑ》をながむばかりぞ　後白河院（新古今集・春下）

訳▼あれほど惜しんだけれども、桜の花はすっかり散ってしまったので、今は梢をじっとみつめるばかりだ。

花を惜しみながらも、すでに散ってしまっている現実を前に、茫《ぼう》然自失して花のない桜の梢を見つめる自分を詠んだ歌です。極めて平明な歌といってよいでしょう。作者の後白河院は式子内親王の父帝にあたります。この歌において、二句「散り」と四句「梢」は三句「桜花」と密接な関係にあります。つまり、「桜花」を中核として、「散り」と「梢」が配置されているわけです。それでは、これらを縁語と呼んでよいのでしょうか。答えは否です。なぜならば、桜の花が散ってしまった後に茫然と梢を見つめるというのは、歌の趣旨だからです。歌内容の趣旨に関わる語は、縁語とは認定されません。縁語とはあくまでも歌の表面には顕れない、一つながりの語群を意味するのです。「惜しめども」の歌は散る桜を詠むのが歌の趣旨なので、それに関わる言葉は縁語とは言わないのです。縁語は一首の表向きの意味とは原則として無関係である必要があります。この縁語の性質を考えるにつけても、ディズニーランドにおける「隠れミッキー」の逸話《いつわ》を思い出します。

縁語は「隠れミッキー」だ

ディズニーランドに小学生の娘を連れて行ったことがあります。園内にはいろいろな趣向が凝《こ》らされていて、一日では到底見てまわることができないほど充実したテーマパークでした。さまざまに仕掛けられた趣向の中に「隠れミッキー」があります。隠れミッキーとは、ウォルト・ディズニーが創作したキャラクターであるミッキーマウスの顔の部分をすこぶる単純に図像化したもので、大きな円の上側に少し小さめの円を二つ並べたものです。言うまでもなく、大きな円は顔を表し、二つの小さめの円は耳を表します。パークの中には、主要キャラクターであるミッキーマウスが数多く描かれています。その中で、表面的には別の図像であるように見える図柄の中にミッキーの顔が描き込まれているものがあります。「隠れミッキー」（英文はhidden Mickey）とは、文字通りミッキーを他の絵の中に紛《まぎ》れて隠したものという意味です。隠れミッキーは決して表立って描かれたものではないのです。パークに着くと、さまざまなアトラクション（遊具施設）を待つ間、娘は隠れミッキーを見つけることに楽しさをおぼえたようです。次々に隠れミッキーを探し当てて楽しそうでした。

子供に倣《なら》ってミッキーを探すと、至るところにミッキーの図柄が描かれていることにはじめて気づきました。得意げにそれを娘に伝えると、「それは隠れミッキーじゃない。全然隠れていない」という答えが返ってきました。隠れミッキーは隠されていなければならないのです。

四季を詠む歌

縁語も同様で、一首全体の意味の脈絡に関わる語群は縁語とは呼びません。隠されていないからです。作者によって隠された一連の言葉の集合体を縁語と呼びます。しかしながら、わずか三十一文字（音）という少ない字数の中に、歌全体の趣旨とは無関係の語群をどのようにして隠すことができるのでしょうか。その最も典型的な手段は掛詞（第4章参照）を用いることです。具体例を検討しましょう。

B　袖ひちてむすびし水の凍れるを春立つ今日の風やとくらむ　紀貫之《きのつらゆき》（新古今集・恋一）

訳▼袖も濡れるほどにして手にすくった水が凍ったのを、今ごろは立春を迎えた今日の風が溶かしているだろうか。

Bの歌は、「古今和歌集」の撰者《せんじゃ》（和歌集を編纂した人）の一人で、仮名序も書いた紀貫之の詠んだ歌です。立春の日に詠まれたものです。暦の上で立春は、まさに春が来たことを示すもので、春がやって来たことの喜びを詠んでいます。この歌には上句《かみのく》から下句《しものく》（上句は和歌の前半部分（五・七・五）、下句は後半部分（七・七））へという流れの中で、効果的に用いられる助動詞の働きによって、季節の推移が鮮やかに描き出されています。二句「むすびし」の「し」は過去の助動詞で、去年の夏に水遊びをしたことを表します。三句「凍れる」の「る」は完了・存続の助動詞で、冬になって水が凍結したことを表します。五句「とくらむ」の「らむ」は現在推量の助動詞で、春になって風が氷を溶かすことを表します。一首のうちに、夏から冬を経て春になるという、四季のめぐりが実に巧みに、しかも整然と詠まれています。さらにいえば、夏の水遊びの光景は記憶の中にあり、冬の凍結した氷は想像の中にあり、立春の風による解凍《かいとう》は推量の中にあります。つまり、この歌に詠み込まれた風景はどれもいま目の前にはなく、すべて頭の中にある世界なのです。それにもかかわらず、それぞれの季節に繰り広げられた景色は、まるで目の前で再現されたかのように感じることができます。これこそが言葉の力であるというほかはありません。

紡ぎ出される言葉

さて、この歌にはもう一つ重要な趣向《しゅこう》が凝らされています。縁語です。初句「袖」を中核として、二句「結び」、四句「張る」「断つ」、五句「解く」という語群が紡《つむ》ぎ出され、縁語を形成しています。そして、それらの縁語は同時に掛詞でもあるのです。「むすぶ」には水をすくう意の「掬《むす》ぶ」と袖を「結ぶ」、「はる」には「春」と袖を「張る」、「たつ」には「立つ」と袖を「断つ」、「とく」には「溶く」と袖を「解く」といった意味が掛詞になっています。つまり、前景にはめぐる季節における水の様態の移り変わりが描かれており、その背景には衣の袖に関わる語群が置かれて、あたかも歌全体を糸で縫い合わせるかのように統一的な印象を与えています。このように衣の裏打ちのような働きをするのが縁語なのです。縁語の存在に気づくことによって、作者がひそかに織り込んだ美しい裏地を透かし見ることができるはずです。

縁語の定義

ここで縁語の定義を確認しておくことにしましょう。次のような要素を含むものを縁語と呼ぶことにします。

① 一首全体の趣旨とは無関係に
② 歌の中の一語に密接に関係する語群を配置することによって
③ 歌の心情や内容に統一感をもたらす効果を持つ

この定義の三つの要素について、若干の補足説明を加えていきたいと思います。①については、表向きの意味や一首全体の意味の脈絡、あるいは和歌の主題とは関係しない、と説明されることもあります。基本的には同じことを述べています。すなわち、和歌の趣旨が前景にあって、背景に縁語で貫かれた語群があるという考え方です。しかも多くの場合、趣旨となる前景には人の情（心情）が詠まれ、背景には自然の景（風景）が詠まれて縁語を形成します。

反転する言葉

しかしながら、この表と裏、前景と背景といった考え方は、縁語が用いられたすべての歌にあてはまるわけではありません。というのも、表と裏は反転すると裏は表になり、前景と背景は見方を変えると前景が引っ込み、背景がせり出してくるからです。具体例を検討しましょう。

C　花の色は移りにけりないたづらにわが身世にふるながめせし間に　小野小町《おののこまち》（古今集・春下）

訳▼花の色は色あせてしまった。むなしく長雨の間に。そして私もこの世の中に生き長らえて物思いをしている間に、むなしく年老いてしまった。

Cの歌は、「古今和歌集」の仮名序（仮名で書かれた序文。漢文で書かれた「真名序」に対していう）に六歌仙《ろっかせん》（「古今和歌集」に記された、平安時代初期の六人の優れた歌人。遍昭・在原業平・文屋康秀・喜撰・小野小町・大友黒主のこと）の一人として紹介される小野小町の歌で、「百人一首」にも入集しています。この歌は二句切れで、春の歌として詠い出されています。つまり、花がむなしく色あせるのが前景に描かれているということになります。ところが、四句あたりから様子が変わってきます。四句「ふる」は「経る」と「降る」の掛詞、五句「ながめ」は「眺め」と「長雨」の掛詞ですが、はたしてどちらが前景で、どちらが背景でしょうか。どちらが表で、どちらが裏なのでしょうか。「古今和歌集」の春下の巻に置かれているところからすれば、前述したように、春雨が降る中で花の色あせる様子を詠んだ歌というのが前景で、物思いにふけっている間に自らの容姿が衰えていくのを嘆くのが背景ということになります。だが、三句から四句にかけて、明らかに歌人の物思いが前にせり出してきています。そうなると、前景であったはずの花の色あせという景色は完全に後ろに退いてしまって、長雨が降る光景は背景に埋没してしまうことになります。ということは、この歌において縁語は「長雨」と「降る」ということになります。実際のところ、多くの研究書はこの歌の縁語は「長雨」と「降る」であるとしています。そのように考えて再びはじめにもどると、初句「花の色」というのは背景に退いた文字通りの花の色ではなくて、花の美しさにも匹敵するわが身の容姿の隠喩《いんゆ》ではないかと思えてくるわけです。

一般に歌は初句から順に読みはじめ、結句《けっく》（和歌の第五句のこと）に至って全面的に趣旨が明らかになるものです。だから、初句を見た時にはまだ全貌が見えません。しかし、先をある程度予想して読みを修正しながら読み進めていきます。そうして最後までたどり着いた時、はじめて全体像が見えるわけです。この歌において、風景を詠んだものとして読み進めてきたところ、途中から反転して心情が前景化し、風景が背景に退くという形を取ります。小町の歌が魅惑的なのは、前景と背景が反転し、表裏が逆転したりする自在な詠みぶりであると評することができるでしょう。それは縁語の用法の検討によってもうかがうことができます。

縁語は一対でよい

この小町の歌に関連して、定義の②について若干の補足が必要です。縁語は「一語に密接に関係する語群」と定義しましたが、必ずしも「語群」でなくてもかまいません。小町の歌の「長雨」に対する「降る」がそうであったように、意味的に関係の深い語は一対あればよいのです。縁語といえば、連想語が数多く出てくると思いがちですが、実際には背後に隠される語は少なくてよいのです。さきに「玉の緒よ」の歌や「袖ひちて」の歌を俎《そ》上に載せて多くの縁語が用いられていることを確認しましたが、そのように多くの縁語が使われる歌はむしろ稀《まれ》です。ここでは説明の便宜《べんぎ》のために選んだだけです。一首の歌にあまりにも縁語が多用されると、かえって嫌味に見えることもあったようです。さりげなく一対の縁語が配置されている方が好まれました。

たとえば、「新古今和歌集」の有力歌人であった藤原定家《ふじわらのさだいえ》の息子の為家《ためいえ》に「詠歌一体《えいがいってい》」という歌論《かろん》（和歌について解説したり、論じたりした文章。書物であれば、歌論書ともいう）があります。そこで縁語を用いることを奨励しています。なお、ここでは縁語のことを「よせ」と呼んでいます。「歌にはよせあるがよき事」という条に、次のように記しています。

歌はよせあるがよきなり。衣には、たつ、きる、うら。舟には、さす、わたる。橋には、わたす、たゆる。かやうの事のありたきなり。その具足もなきはわろし。かくはいへども事そぎたるがよきなり。あながちにもとめあつめて数をつくさんとしたるはわろきなり。

訳▼歌には縁語があるのがよろしい。衣には断つ、着る、裏。舟には差す、渡る。橋には渡す、絶ゆる。このような言葉があってほしいものだ。そのような言葉が備わらないのはよくない。そうは言っても、簡素にするのがよい。無理に集めて残らずそろえるのはよくない。

縁語の具体例を交えながら、縁語を用いて歌を詠むのがよいと主張しています。もちろん何事も行き過ぎはよくないので、適度に縁語を用いるのがよいと指南しているのです。何事も多ければいいというものではありません。控えめなものは奥ゆかしく感じられるものでしょう。ちなみに、縁語は「よせ」のほかに「かけあひ」や「たより」などと呼ばれたこともあります。呼称が多いということは、それだけ使用頻度も高く、言及される機会も多かったことを意味します。縁語は歌を詠むための有力な方法であったということです。

歌人は縁語の技巧を磨いた

最後に、定義の③について検討したいと思います。縁語は「古今和歌集」の時代に成立し、主に掛詞と併用して「新古今和歌集」まで脈々と詠み継がれてきました。それでは、その後縁語はどうなったのでしょうか。実は「新古今和歌集」以降、縁語はますます盛んに用いられるようになります。それは「詠歌一体」にある通りです。そして、この教えがその後、幕末まで至る六百年に及ぶ和歌史の方向性を決定しました。つまり、縁語を駆使《くし》して歌を詠むことが、主流派の歌の詠み方になったのです。とりわけ上句と下句に縁語を配置すれば、歌が安定すると考えるようになりました。

次の歌を見てみましょう。

行く月の清き河原の小夜千鳥《さよちどり》立ち居《ゐ》の影もくまやなからむ

三条西実隆《さんじょうにしさねたか》（雪玉集・巻九）

訳▼行く月が映るほど清い川の河原にいる小夜千鳥は、立ったり座ったりする姿もかげりがないのだろうか。

月夜の河原に棲息《せいそく》する千鳥の姿の鮮やかさを詠んだ歌です。作者の三条西実隆は室町時代の歌人で、中世最高の古典学者でした。実隆の歌は江戸時代に名歌としてもてはやされました。この歌では初句「月」に導かれて、四句「影」や五句「くま」が縁語として配置されています。つまり、上句と下句に縁語を配列して、首尾照応を企てたわけです。このように縁語を上下に配置することによって、歌全体が統一された印象を受けます。そのような縁語の効用を知る歌人たちは、さまざまな内容を詠む努力とともに、技巧を磨く努力を同時におこなったのです。

縁語は作者がひそかに仕掛けた暗号です。決して派手ではありませんが、非常にお洒落《しやれ》な修辞技巧です。「隠れミッキー」を探すようにして、作者が歌の中に忍《しの》ばせた縁語を見つけることができた時、少しだけ幸せな気持ちになれるに違いありません。

▼田中康二

第6章●

【本歌取り】ほんかどり

古き良き和歌を味わいぬき、
それを自分の歌の中で
装いも新たに息づかせる。

俊成の本歌取り

本歌取りは昔の歌をふまえて新しい歌を詠《よ》むことです。万葉時代にすでにありましたが本格的になったのは平安時代の終わり頃からで、なかでも藤原俊成《ふじわらのとしなり》（一一一四〜一二〇四）は明確な美意識をもって本歌取りに励みました。

俊成の歌をあげましょう。

…………………

A　夕されば野べの秋風身にしみて鶉《うづら》なくなり深草《ふかくさ》の里　藤原俊成（千載集・秋上）

訳▼夕方になると、野辺を吹く秋風が冷たく身にしみて、鶉が悲しい声で鳴く。その声が遠くから聞こえてくる深草の里よ。

この歌は、次の「伊勢物語」一二三段をふまえて詠まれています。

むかし、男ありけり。深草《ふかくさ》に住みける女を、やうやうあきがたにや思ひけむ、かかる歌を詠みけり。

年を経て住みこし里を出でていなばいとど深草野とやなりなむ

女、返し、

野とならば鶉となりてなきをらむ狩にだにやは君は来《こ》ざらむ

と詠めりけるにめでて、ゆかむと思ふ心なくなりにけり。

つきあっているうちに少しずつ飽きてきた男、それを察知した女とのやりとりが語られています。女は「深草」に住んでいた。京都市の南、伏見稲荷大社のあたりです。都から遠くて通うのに不便だし、田舎住みの女だから都会的な魅力が足りなかったのかもしれない。「もしも私が通わなくなったら、おまえの家が見えなくなるほど草が生い茂《お》り、通う道もわからなくなって、ほんとに深草の里になってしまうのだろうね」。この歌を受け取った女は「そうなったら私は深草の下陰《したかげ》で鶉になって鳴いておりますわ。もしもあなたが狩りに来て、鶉の声を聞きつけ、思い出して立ち寄ってくださるかもしれないから」と歌を返します。

「狩り」に「仮り」(もしも)を掛けています。男はこの歌を読んで、もとのように女の家に通いました。女は、男が来なくなるのを予感していたのでしょう。男をなじってもよかったけれども、素直に受け止めてそう詠み返した。男にはそれがいじらしく思われて、また通い出した。ほかの解釈もできるでしょうが、一応、そんなふうに考えられると思います。

俊成の歌とくらべてみましょう。何が同じで、何が違いますか。下句《しものく》の「鶉なくなり深草の里」という場面が同じですね。しかし、上句《かみのく》の「夕されば野べの秋風身にしみて」は「野」は同じだけれども、「夕されば」(夕方になると)という一日の時間、「秋風」という季節、「身にしみて」という痛切な身体感覚が新しく加わっている。これらは一二三段に書かれていません。

俊成は、場面はそのままにして、時間・季節を加え、冷たい秋風が「身にしみ(る)」という体感を加えた。こうして新しい歌ができあがったのですが、もっと分析を進めてみましょう。

「秋風」は男が女に飽きたことをあらわします。「秋」は「飽き」の掛詞(第4章参照)です。男の心は深草をかき分けて吹いてくる秋風のように冷たく変わったというのです。それなら「秋風身にしみて」はだれの「身にしみる」のでしょうか。作者の俊成でしょうか。男に捨てられる一二三段の女、それとも鶉でしょうか。捨てられた女が鶉になって待つというのですから、女ではなく鶉とみるべきです。

しかし私たちは一二三段を知っており、それと比較して俊成の歌を鑑賞します。そういう読者には鶉の姿が胸に痛く感じられ、鶉と同じように「秋風」が身にしみてきます。なかには、俊成自身が一二三段をそう読み取って詠んだのだろうと思う人もいるでしょう。この歌は、読者側のさまざまな想像を許容する意味の深い歌になっています。

それと関連して、もう一つ注意すべきことがあります。一二三段は二人の愛の回復を語って閉じられますが、俊成の歌ではどうでしょう。「夕」は男が愛する女のもとにやってくる時間です。なのに冷たい秋風が吹き荒《すさ》んでいる。俊成が新しく設定したこの場面は、二人の愛はひとたびよみがえり、やっぱり破局に終わったと物語っているようにみえます。

俊成は一二三段のあとに続く、さらに悲しい愛の結末を構想したのではないでしょうか。わずか三十一文字の和歌の中に、物語のその後を想像させる前衛的な試みをしたように思われます。和歌は小さくて短いという印象を打ち砕く大きなドラマを感じさせます。

俊成はこの歌をみずから編纂《へんさん》した「千載《せんざい》和歌集」に選び、式子内親王《しょくしないしんのう》の求めに応《こた》えて書いた歌論《かろん》書の「古来風体抄《こらいふうていしょう》」にも入れています。鴨長明《かものちょうめい》は「無名抄《むみょうしょう》」（一二一一以後）の中で、俊成の「自讃歌《じさんか》」（作者自ら優れていると認めた自作の歌）であると紹介しています。本人も世人も認める秀歌（優れた歌。秀歌を集めた書物を、秀歌撰と呼ぶ）でありました。

ちなみに、「伊勢物語」のような物語の場面をふまえて歌を詠むことを一般に本説取《ほんせつど》りといいます。これも本歌取りの一種であって、本質的に違うものではありません。

本歌取り

俊成の本歌取りを理論的に発展させ、みずからも優れた実践家であったのが子息の定家《さだいえ》（一一六二～一二四一）です。「近代秀歌」は鎌倉幕府三代将軍の源実朝《さねとも》に贈った手紙で、歌の詠み方を説いた重要な歌論書として江戸時代になっても歌人たちに読まれました。その中で定家は次のように述べています。要点と思われるところを引用します。

詞は古きを慕ひ、心は新しきを求め、及ばぬ高き姿をねがひて、寛平以往《くわんぺいいわう》の歌にならはば、おのづからよろしきこともなどか侍らざらむ。——①

訳▼歌を詠む詞には、古くて美しい詞を探し求め、その詞を用いて新しい心を詠もうと願い、卓越した古歌を理想とし、寛平以前の歌に学ぶならば、おのずと良い歌が生まれる。

古きをこひねがふにとりて、昔の歌の詞を改めず詠み据ゑたるを、即ち本歌とすと申すなり。かの本歌を思ふに、たとへば、五七五の七五の字をさながら置き、七々の字を同じく続けつれば、新しき歌に聞きなされぬところぞ侍る。——②

訳▼古くて美しいものを理想とすることにとって、昔の歌の詞をそのまま自分の歌に取って詠むことを本歌取りという。本歌の情趣・場面を思い浮かべて、その五七五（初句・二句・三句）の七五に用いられている文字をそのまま自分の歌に取ったり、同じく七七の文字をそのまま自分の歌に続けると、新しい歌とは感じられない。

①は本歌取りの目的と精神、②はそのテクニックを述べています。古い詞《ことば》を用いて新しい心を詠むことは、「高き姿」を志向し「寛平以往の歌」を模範として詠むことだというのです。しかし、古歌の詞を用いて詠めば模倣になりやすく、「新しき歌」にはならない場合がある。それを避けるための工夫をこのあとにあげています。

本歌の七五と七七から詞を取って詠めば、残るのは初句《しょく》の詞だけです。これでは剽窃《ひょうせつ》です。作者の工夫はなにもない。そこで次のようなことを知っておく必要があります。

本歌の五七（初句・二句）には、取ってもよいものと取ってはいけないものがある。「いその神ふるきみやこ」「郭公《ほととぎす》なくやさ月」「ひさかたのあまのかぐ山」「たまぼこのみちゆき人」などは、昔から使われている慣用句であり、これを使わずに歌は詠めない。しかし、「年の内に春はきにけり」「袖《そで》ひちて結《むす》びし水」「月やあらぬ春《はる》やむかしの」「桜《さくら》ちる木《こ》の下《した》かぜ」などは、作者の名前がすぐ浮かぶ。こういう独創的な歌句を取れば剽窃したと思われてしまう。

もちろん使ってよい歌句がずっと多いのだけど、使っていけない特定の歌句があったのです。普通名詞と固有名詞のようなものです。「月やあらぬ春《はる》やむかしの」といえば、だれもが在原業平《ありわらのなりひら》の、

月やあらぬ春や昔の春ならぬ我が身一つはもとの身にして

訳▼この月は、あなたに逢ったあの夜の月と同じなのか。この春は、あなたと過ごしたあの春と同じなのか。私だけはたしかに昔のままなのだが。

という歌を思い浮かべた。「古今和歌集」恋五、「伊勢物語」四段などにある有名な歌だから、こういう歌の五七は取ってはいけない。父・俊成から「詠むべからず」と教えられたのです。同じような理屈で、現代歌人の歌句も取ってはいけなかった。「今の世に肩《かた》を並《なら》ぶるともがら、たとへば世になくとも、昨日今日といふばかり出で来《き》たる歌は、一句《ひとく》もその人の詠みたりしと見えむことを必ず去らまほしく思う給へ侍るなり」。他人の句だとわかるような詠み方は厳禁です。同世代の歌人は、たとえ物故《ぶっこ》した歌人であっても最近の歌からは一句たりとも取ってはいけなかった。

定家の本歌取り理論

本歌取りは、本歌盗りになりかねない。古い詞で新しい心を作り出す詠法は模倣に陥りやすい矛盾をはらんでいる。なぜ微妙で危険な詠法をするのか、考えてみましょう。

右の引用文をよくみると、同じことを三度もくりかえしています。「詞は古きを慕ひ」「古きをこひねがふ」「かの本歌を思ふ」。古い詞・古い時代・古い歌を「慕ふ」「こひねがふ」「思ふ」ことが大切なのです。したがって、どの古歌の詞を取ってどんな歌を作り上げるかという技術だけを説こうとしているのではないのです。技術を身につければ歌は詠める。だけど、それは正しい意味で本歌取りとはいえない。本歌取りは〈古《いにしえ》を思う〉精神がなによりも大切だ。定家はそこに重要な意味をみいだしています。

定家は、右の引用文にいうように「寛平以往の歌」を模範と仰ぐ古典主義を提唱しました。寛平（八八九〜八九八年）は宇多《うだ》天皇の御代《みよ》です。正確にいえば、在位期間（八八七〜八九七年）にほぼ重なります。六歌仙《ろっかせん》の活躍が終わり、紀貫之《きのつらゆき》・凡河内躬恒《おおしこうちのみつね》・紀友則《きのとものり》らが活躍した時代であり、醍醐《だいご》天皇が跡を継ぎ彼らを撰者にして「古今和歌集」を編纂していく、その土台となった時代です。実質的に「古今和歌集」の時代といえます。

それなら定家は「古今和歌集の歌にならはば」と書くべきだったはずです。そう書かないのは、尊敬すべき歌人に焦点をあてて述べたからでしょう。貫之のように主知的で造形的な歌の作り方、その一方に、小町や業平のように情感たっぷりにうたいあげる主情的な詠み方がある。この対比的な表現様式を軸として「古今和歌集」以後の和歌史をわかりやすく整理してみせたのです。

「近代秀歌」は、このあと次のように述べていきます。しばらく貫之様式を受け継ぐ歌人たちが続いたが、抒情精神が薄れて和歌は衰退した。しかし、源経信《つねのぶ》と俊頼《としより》、藤原顕輔《あきすけ》と清輔《きよすけ》（ともに親子）、藤原基俊《もととし》と藤原俊成（師弟）の六人だけは、「末の世のいやしき姿を離れて、つねに古き歌をこひねが」った。その結果、彼らの「思ひ入《い》れて秀《すぐ》れたる歌」は「高き世にも及」ぶ素晴らしいものであった。そして「今の世」となり、彼ら近代六歌仙の衣鉢《いはつ》を継いで「古き詞を慕《した》へる歌」が出現し、「花山僧正・在原中将・素性《そせい》・小町が後《のち》絶えたる歌のさま」が復活した。それこそおのれ（定家）の歌であるが、世間の人は理解できなくて、和歌伝統を破壊する「新しき事出《い》で来《き》て歌の道変はりにたり」と非難した。

こんなふうに和歌史を総括しています。定家の和歌史観とその中における自己の位置づけは、本歌取りを通して立論されているのです。定家にとって本歌取りは、和歌史の正統を受け継ぐ歌人はだれかを明らかにし、彼らの精神を受け継いで真に正統なる和歌を実現することを意味した。端的にいえば、貫之様式の「歌の心巧みに、たけ及び難く、詞強く、姿おもしろきさま」を高く評価し、同時に「余情妖艶《よじょうようえん》の躰《てい》」である抒情的な小町・業平様式をそれ以上に評価し、両者を統合・発展させることが和歌伝統の継承だと考えています。おのれはそれを目指して生きてきたというのです。

✿定家の歌

本歌取りは、古き良き和歌をしっかりと認識し、その美しさを味わい、それを踏まえて歌を詠み、より深く古歌の力を体得してみようということなのです。そうすると自分の詠んだ歌の中に古き良き歌が息づくことになる。和歌の伝統はそういう歌人たちによって脈々と受け継がれていく。歌人は和歌の伝統を身を以て生き、それをふまえて新しい歌を作り和歌の伝統を更新する。こうして和歌は永遠に続いていくわけです。

さて、定家はどんな本歌取りをしたのでしょうか。

B　駒とめて袖うちはらふ陰もなし佐野のわたりの雪の夕暮　藤原定家（新古今集・冬）

訳▼馬を停めて、袖に積もる雪を払おうにも、立ち寄る物陰すらない。佐野の渡しの雪の夕暮よ。

「新古今和歌集」冬歌に入っている歌です。本歌は「万葉集」巻三、長忌寸奥麿《ながのいみきおきまろ》の、

苦しくも降り来る雨か三輪《みわ》の崎佐野《さの》の渡りに家もあらなくに

苦毛　零来雨可　神之埼　狭野乃渡尓　家裳不有国

という歌です。巻九に「大宝元年辛丑《かのとうし》の冬の十月に、太上天皇《おほきすめらみこと》・大行天皇《さきのすめらみこと》、紀伊《き》の国に幸《いでま》す時の歌十三首」と題する歌群があり、その中に奥麿の歌が一首あるので「神之埼《みわのさき》　狭野乃渡《さののわたり》」は和歌山県新宮市三輪崎および佐野のことで、奥麿はここに来て詠んだのではないかと考えられています。「旅の途中、雨が激しく降ってきて、つらいことよ。この渡し場にはくつろげる我が家もないのに」という意味です。急に降ってきて、びしょ濡れになったのでしょうか。生の感情をうたった体験の歌とみてよいでしょう。

定家の歌をみると「佐野の渡り」は本歌と同じですが、「雨」は「雪」に、季節は「冬」になっています。さらに注意すべきは、「苦しくも」という感情表現がなく、馬に乗って旅する人の姿が一枚の絵のように浮かんでくる作り方をしていることです。衣服に積もる雪を払って休む物陰もなく、辺りは暗くなり舟もなくて川を越えられない。

読者の目の前にこんな風景が見えますが、この風景はいつまでもあるわけではない。「夕暮」なのでまもなく見えなくなり、雪の原は微《かす》かな夜の光を吸ってうっすらと広がるだろう。視覚が利《き》かなくなると、そういう風景が脳裏に浮かんできます。「万葉集」とまるで異なった凄絶な美の世界。

美しいけれど寒々として妖《あや》しさもただよいます。

現実体験の歌、感情の歌からの超脱。それは本歌の否定ではありません。定家の歌の底に「万葉集」の歌が重く低く響いている。それを感じるとき、定家の巧みさがよくわかる。重層的で立体的な詩の空間が創造されているのです。

和歌に師匠なし

定家は「近代秀歌」のほかに「詠歌大概《えいかたいがい》」「毎月抄《まいげつしょう》」でも本歌取りを説明しています。「詠歌大概」は本歌取りの理論書というべきで、定家の考えてきたことが集約されています。漢文で書かれているので、書き下し文にして引用しましょう。〔 〕は割注《わりちゅう》の部分です。

> 情《こころ》は新しきを以て先となし〔人のいまだ詠ぜざるの心を求めて、これを詠ぜよ〕、詞は旧きを以て用ゐるべし〔詞は三代集の先達《せんだつ》の用《もち》ゐる所を出《い》づべからず。新古今の古人の歌は同じくこれを用ゐるべし〕。風躰《ふうてい》は堪能《かんのう》の先達の秀歌《しゅうか》に倣《なら》ふべし〔古今遠近《ここんえんきん》を論ぜず、宜《よろ》しき歌を見てその躰《てい》に倣ふべし〕。

内容は「近代秀歌」とほぼ同じですが、模範とすべき古歌と使用すべき詞は「三代集」にあると明言したことが違います。「新古今集」に入っている三代集時代の古歌もそれに含まれます。このあと次のように述べます。要点のみ現代語に直してあげてみましょう。

・最近七八十年来の歌人の詠んだ詞と句を決して自分の歌に使ってはならない。
・本歌の五句のうち三句に及んで取ると、本歌の詞が多すぎて新しい歌にはならない。
・四季の歌を恋・雑の歌に、恋・雑の歌を四季の歌に詠み変えると、本歌の模倣になりにくい。
・常に優れた古歌の情景や雰囲気を思い浮かべ、その世界に身を浸らせて、歌を詠む心を養うべし。見習うべき古典は「古今和歌集」「伊勢物語」「後撰和歌集」「拾遺和歌集」であり、「三十六人集」では人麿・貫之・忠岑・伊勢・小町などの歌である。
・四季の美しさや人の世の盛衰、物事の真実を知るために「白氏文集」を読むべし。和歌の心に通じるものがある。

先に「見習ふべき」古歌は「三代集」に限るとありましたが、さらに「伊勢物語」を加え、「三十六人集」では柿本人麿、紀貫之、壬生忠岑《みぶのただみね》、伊勢、小野小町の類、と歌人名をあげています。「白氏文集」は漢詩ですが、季節の美しさや人の世のありさまを深く知るために読み味わうべき大切な古典です。

右にあげたような作品や歌人の歌を本歌にするときは、二句および三四字までが限界でそれ以上詞を取ると模倣になる。また、本歌が四季の歌なら恋・雑《ぞう》の歌に、恋・雑の歌なら四季の歌に変えて詠め、と述べています。どちらも模倣にならないための工夫です。

定家は「詠歌大概」の最後に、「和歌に師匠なし。只旧歌《ただふるき》歌を以て師となす。心を古風に染め、詞を先達に習はば、誰人《たれびと》かこれを詠《えい》ぜざらんや」と述べています。優れた古歌を読み味わい、歌の心を会得し、詞の習練を積めば必ず詠めるようになる。

うまく詠めるようにしてくれる便利な先生なんていませんよ、というのですね。父・俊成が教えた和歌の心得です。

本歌から新しい歌へ

こうしてみてくると、あの「万葉集」の歌と定家の歌の関係が気になります。本歌から取った詞は「佐野のわたり」だから「二句上三四字」以内には合っているけれど、新しく付け加えた詞のほうがずっと多い。「雨」は「雪」に、「家」は「物陰」に変えられ、時刻は「夕暮」に設定されていた。上句の「駒とめて袖うちはらふ陰もなし」は本歌にまったくない。なのに、これが本歌だといわれると、なるほどそうだと思われてくる。ここがうまいのですね。

では、次の定家の歌はどこが巧みでうまいのでしょうか。

C　**かきやりしその黒髪の筋ごとにうち臥すほどは面影ぞ立つ**　藤原定家（新古今集・恋）

訳▼あの夜、掻き撫でてあげた黒髪の一筋一筋が、くっきりと目に浮かぶ。私一人うち臥せっていると。

「新古今和歌集」恋五の歌です。定家も撰者の一人だから、この歌を入れようと提案されたとき、

もちろんだ、と思ったでしょうね。本歌は和泉式部《いずみしきぶ》の、

黒髪の乱れも知らずうち臥せばまづかきやりし人ぞ恋しき

「和泉式部集」の「恋」を詠んだ十八首の中にあります。「後拾遺和歌集《ごしゅういわかしゅう》」恋三には「題不知《だいしらず》」として入集《にっしゅう》しており、この歌を詠んだ事件や状況はわかりません。「かきやりし」は、顔にかかる黒髪を指でかきわけて、私を見つめたということかもしれません。

本歌から取った詞は「かきやりし」「黒髪の」「うち臥す」「面影」。全部で十八字だから本歌の半分を使っている。「かきやりし」「黒髪の」は句、「うち臥す」「面影」を単語と見なせば「二句上三四字」以内です。

違うところはどこでしょうか。まず、和泉式部の歌は女の歌なのに、定家の歌は女と別れて帰ってきた男の立場で詠まれています。

〈黒髪が乱れるのもかまわずに臥せると、まず優しく髪を梳《す》いてくれたあの人が恋しい〉

——和泉式部

〈この指で梳いてやった女の黒髪の一筋一筋が、臥せっていると目に浮かんできて見えるようだ〉

——定家

和泉式部の歌は下句の「まづかきやりし人ぞ恋しき」に発話の主体が出ています。「黒髪を掻い

てくれたあの人が恋しい」というわけですね。きっと女は黒髪を伝うあの人の指先の感触を思い出しているのでしょう。定家はそこを捉えて、「黒髪の手触りがいまも指先に残り、髪の一筋一筋が目に浮かんでくる」と詠んだのでしょう。

どちらも指先の感触をうたっている。並べると、濃艶なエロティシズムの対話になる。定家は女と男の愛の場面を想像し、その男を演じるように詠んでいます。和泉式部の歌は現実の愛を詠んだものか不明ですが、彼女の秘め事を思わせる。「恋しい」と女は切なくつぶやくが、この男女はやがて別れて、男はいま独《ひと》り寝《ね》をかこつ夜々を送っている。女を喪失した苦しさがかえって女の姿を彷彿《ほうふつ》とさせ、もっと苦しくさせる。女の髪は身丈《みのたけ》に余り、夜の湿りに濡れて黒い滝となり激しく乱れた。定家はそういう場面を想像して詠んでいるように思われます。実に巧みな「余情妖艶」の歌。定家の目指した世界がわかります。

こうした歌を読んでいると、与謝野晶子《よさのあきこ》（一八七八〜一九四二）の次のような歌が思い出されます。

その子二十《はたち》櫛にながるる黒髪のおごりの春のうつくしきかな
くろ髪の千すじの髪のみだれ髪かつおもひみだれおもひみだるる

晶子の最初の歌集「みだれ髪」（明治三四年）の歌です。黒髪とエロスは時代を超えた永遠のテーマです。和泉式部にも通じるところがありますね。根深いところに平安時代から続く和歌が息づいているといってよいでしょう。

▼錦 仁

第7章◉

【物名】もののな

物の名前を隠して詠む、
あっと驚く言葉遊び。

言葉遊びの和歌

和歌とは何のために作るのでしょうか。紀貫之《きのつらゆき》は、自らが撰者《せんじゃ》の一人であった「古今和歌集《こきんわかしゅう》」の序文に、和歌とは人間の心を種として生い茂《お》った言語の葉である、と記しています。さらには、折々の心情を見るもの聞くものにたくして表現するものが和歌である、と続きます。

有名な歌の多くは、四季折々の美しい景色を詠んだり、恋の喜びや苦しみなどの心情を詠んだものでしょう。人々は心の動きを和歌に詠んできましたし、そうした和歌に、私たちは感動を覚えます。

しかし、和歌とはただ感動的で、心を打つものであるだけではありません。言葉を駆使《くし》して作りだし、相手に届けるものが、面白さや笑いである場合もあります。改まってきちんと詠んだ歌ではなく、遊びの要素の強い滑稽《こっけい》みのある歌を「誹諧歌《はいかいか》」と呼びます。滑稽みのまさった歌を「誹諧歌」と特別扱いするところに、こうした歌は正当派ではないのだという捉え方が滲《にじ》んでいますが、笑いを生み出すような和歌も、確かに存在したのです。

特に、和歌では言葉を上手く使った言葉遊びが面白さを生み出します。物名《もののな》とは、そういう言葉遊びの和歌の一種です。「物名」というのは、もともとは、何かの名前という意味ですが、そうした物の名称を和歌に詠み込んだ和歌を物名歌と呼びます。

どのような言葉遊びなのか、実際に例を見てみましょう。

…………

鶯《うぐひす》

A　心から花のしづくにそほちつつ憂《う》く干《ひ》ずとのみ鳥の鳴くらむ　藤原敏行《ふじわらのとしゆき》（古今集・物名）

訳▼自分から求めて花の雫《しずく》にずぶ濡れになりながらも、「つらいことに乾かないよ」とばかりに鳥が鳴いているようだね。

さて、この歌は、「古今和歌集」の物名歌の部に収められています。物名歌の場合、詞書《ことばがき》（和歌の前に記され、その歌が詠まれた事情を説明した文章）に、和歌に詠み込まれている言葉が何であるかを示します。ですから、この歌の場合、「鶯」を隠して詠んでいることになります。さあ、どこに「鶯」が隠れているか、探してみましょう。ちなみに、音の清濁《せいだく》は関係ありませんよ。

……見つかりましたか？　答えは、第四句「うくひずとのみ」に隠れていますね。

自分で好んで、花からしたたり落ちる水滴に濡れているのに、嫌《いや》だなあ、乾かないなあ、と鳥が鳴いている。「花の雫」とは、涙の比喩《ひゆ》でもあります。まるで、自分からつらい状況・環境に飛び込んでいって、苦しいと愚痴《ぐち》を言う人のようにも思えます。一首を文字通りに読むならば、以上のような内容の歌です。

物名歌は、このように、物の名前が隠されているということを無視して、歌を表面的に読んでも、意味を取ることができます。しかし、一首の表の意味に表れることはなくても、物名歌として言葉が隠されています。詞書《ことばがき》に隠されている言葉が「鶯《うぐひす》」であるとはっきり書かれているので、何の言葉が隠れているのかを当てて楽しむクイズではありません。答えは既に出ていますから。しかし、言葉をどのように和歌の中に隠しているのか、果たして上手に隠せているか、読み手はそのような点から物名歌を読んで楽しむのです。この絵の木のどこかに鶯がとまっています、どこにいるでしょう、と周りに溶けこむように描かれたものを探す探し絵クイズのようですね。

物名はある言葉の中に別の言葉が隠れている、シャレのようなものです。一つの言葉に別の意味が含まれているという点では、掛詞《かけことば》（第4章参照）と似ています。しかし、掛詞の場合は、一つの言葉に二重の意味を持たせているところが肝心で、一つの言葉から二つの意味を汲み取らないと和歌を読み解くことができませんし、作者もそれに読み手が気付くことができるように詠みます。一方、物名歌は、隠された言葉に気付かなくても、歌を読むことはできますし、隠された言葉の意味が必ずしも一首に関わらなくてもよい。だから、一読して読み手がすぐ気付くようではなく、上手に隠して詠む方がよい。そこが掛詞との違いです。だから、物名は「隠題《かくしだい》」、つまり題を隠して詠む、という呼び方もされています。

ただし、この歌の場合、題に「鶯」とあり、それが「うくひずとのみ」に隠れていることで、第五句の「鳥の鳴くらむ」の「鳥」が鶯であることが分かります。さらに、第二句の「花のしづく」の「花」は、鶯とよく取り合わされる梅なのだろうと推測できるのです。隠されている言葉を表立って訳さなくとも、和歌を読むことはできますが、隠れているのが「鶯《うぐひす》」であることを踏まえると、ここで作者が詠もうとした情景がいっそうはっきりと理解できる、そういう仕掛けです。

物名歌とはいえ、和歌として詠むのですから、表現におかしなところや、不自然な言葉遣《づか》いがあってはいけません。物の名前を隠して詠みながら、あくまでも自然で、和歌として読むに耐えるものであること、そして意外なところに名前が隠れている。そのような物名歌が、上手にできた物名歌である、といえるでしょう。

隠された四つの言葉

和歌としてもきちんとできあがっていて自然であり、そして上手に名前が隠れている、というのに加え、隠されている名前が幾《いく》つもある、というさらに難度の高い例を見てみましょう。

B　笹《ささ》、松《まつ》、枇《び》杷《は》、芭《ば》蕉《せを》葉《ば》

いささめに時待つ間《ま》にぞ日は経《へ》ぬる心ばせをば人に見えつつ

紀乳母《きのめのと》（古今集・物名）

訳▼ついつい機会を待っているその間に、月日は経《た》ってしまいました。私の気持ちはあの人にたびたび見えるようにしていながらも。

この歌の場合、一首の表の意味は、好意を何度も相手に示してはいるし、あと必要なのは恋人になるタイミングだけ。なのに、そのチャンスをうかがっている間になんとなく時間だけが過ぎてしまった……という、じれったいような、焦《あせ》るような気持ちを詠んでいます。しかし、詞書にありますように、この歌は、笹・松・枇杷・芭蕉葉という四つもの植物の名を詠み込んだ物名歌なのです。

さて、どこに四つの植物が隠れているでしょう？「いささめ」「時まつ間にぞ」「ひは経ぬる」「心ばせをば」と、一句につき言葉を一つずつ詠み込んでいますね。一つの言葉だけを詠むのではなく、四つの言葉で、しかも植物という共通点もあります。なかなかに高いハードルですが、作者は巧《たく》みにこなしています。

先にあげた鶯の歌とは違い、この歌は、四つの植物と一首の意味とは、全く関係がありません。一首の表の意味だけを読み取ると、恋の行方にやきもきする歌です。そこに笹・松・枇杷《びわ》・芭蕉《ばしょう》葉《ば》は関わりません。先の鶯の歌は、隠された言葉が鶯であることで、和歌に詠まれた情景がどのようなものかがはっきり分かる、という効果がありました。しかし、この歌の場合は、笹・松・枇杷・芭蕉葉という植物が、恋心を詠んだ歌の意味に関係ない、というところが逆に意外性があって面白く感じられます。

作者にとってこの歌は、恋の状況を詠むのが目的だったのか、それとも四つの植物の名前を詠むことが目的で、恋の歌になったのは結果にすぎなかったのか……一体どちらだったのでしょう。もし、恋の歌を詠むことも、四つの植物名を詠むことも、どちらも最初から意図したものであったのならば、その腕前にはうならざるをえません。

最高難度、九文字の言葉を隠す！

四つの物の名前を詠むのも難度が高いですが、和歌の中に詠み込むのがたとえ一つの名前でも、長ければ長いほど難しくなります。次の歌は、九文字の長い名前を物名として詠み込んでいます。

C　あらふねのみやしろ

茎《くき》も葉もみな緑なる深芹《ふかぜり》は洗ふ根のみや白く見ゆらむ

藤原輔相《ふじわらのすけみ》（拾遺集・物名）

訳▼茎も葉もみな緑色をした根の深い芹は、洗う根だけはどうして白く見えるのだろうか。

題の「荒船《あらふね》の御社《みやしろ》」は神社の名前ですが、どこにあった神社なのかはよく分かりません。それはそうとして、この「荒船の御社」という地名が歌のどこに隠れているか、分かりますか？……そうです、下句《しものく》の「あらふねのみやしろく見ゆらむ」に、確かに詠まれていますね。九文字もある言葉を別の言葉の中に隠して使うのは、相当に難しいですし、これは物名歌の中でも最も長い題の例です。

この歌は、野菜の芹《せり》を詠んでいます。土から掘り起こした芹の土を洗い落とすと、真っ白な根が出てきた、そういう場面を取り上げています。芹を思い返してみると、確かに、葉と茎《くき》は鮮やかな黄緑色をしていますが、根のあたりは白色をしていますね。王朝和歌で、このように野菜が素材として取り上げられるのは珍しいです。作者は、題の「あらふねのみやしろ」をどのように詠み込むかを考えた時に、「洗ふ根のみや白」に置き換えられることに気付き、根が白いものとして、芹を思いついたのでしょうか。それにしても、神社の名から芹が引き出される、その組み合わせには意表をつかれます。

物名歌の中には、「荒船の御社」の歌のように、和歌に詠まれることの少ない素材や表現の歌ができあがることが、しばしばあります。まずは、題の言葉を隠して詠むことが第一条件ですから、そのために少々変わった歌になることもあるのです。

題と歌の内容との距離が面白い

「荒船の御社」とは逆に、隠し詠まれた名前そのものが、和歌には珍しい題材である例も見てみましょう。

D　そやしまめ

いさりせし海人《あま》の教へしいづくぞや島めぐるとてありといひしは　高岳相如《たかおかのすけゆき》（拾遺集・物名）

訳▼漁をしていた海人が教えたのは、いったいどこのことだろうか。「島めぐりをすると言って、そこにいた」と海人が言っていたのは。

海辺で知り合いを探している場面のようです。漁をしている海士《あま》に尋ねると、「その人なら島をめぐると言ってそのあたりにいましたよ」と教えてくれたのに、探している人の姿はどこにも見えない。

そのような意味ですね。

この歌に隠されているのは「そやしまめ」。「いづくぞやしまめぐるとて」と、上句《かみのく》から下句《しものく》にまたがって、隠し詠まれています。さて、「そやし豆」とは何のことでしょうか。おそらく、今でいうモヤシのことだろうと考えられています。今でも身近な食材であるモヤシを、平安の人々も食べていたのでしょう。海辺で知り合いを探してさまよう不安な気持ちと、「そやし豆」つまりモヤシの組み合わせは、何とも不似合いで、滑稽さを感じます。もしかして、モヤシを食べながら作った歌なのでしょうか。

とはいえ、一見、何の関係もないように見える歌の中に、言葉に隠されている方が「あっ」という驚きがあります。ため息がこぼれたような切ない女心を詠んだ恋歌（恋をテーマにした和歌。勅撰和歌集では、四季の歌・雑歌と並ぶ大きなテーマ）に、植物の名が四つも隠されている。土にまみれた野菜を洗ったら白い根が現れ出てくるように、野菜の歌の中から「荒船の御社」という神社の名前が出てくる。海辺で人を探す歌かと思えば、実はもやしを詠んでいた。意表をつかれる面白さがあります。このように、題の物名と歌の内容が離れ、組み合わせに意外性がある物名歌は、時代が下るにつれ増えてゆく傾向があります。単に物の名前を隠して詠む言葉遊びというだけではなく、そこに生まれる意外性も、物名歌の面白さとして楽しむようになったのでしょう。

和歌の本流は、心に生じた感動を三十一文字に乗せることにあります。その点からいうと、言葉遊びであり、その技の巧みさを競《きそ》う物名歌は、本流から外れる存在です。しかし、和歌を作ったその場にいる人の、または和歌を贈った相手の心に「！」というインパクトを残すことが和歌の役割だと考えれば、その「！」が笑いや驚きである場合もあります。宴会などで座を盛り上げ、笑いを生む。歌を贈った相手をニヤリとさせる。それも和歌の役割として無視することはできません。物名歌は、笑いや驚嘆を生むものとしての和歌の側面がよく表れたものだといえるでしょう。

▼小山順子

第8章◉

【折句・沓冠】おりく・くつかかむり

仮名文字を大切にしていた時代に、
和歌を使ったパズルがあった。

A　**唐衣きつつなれにしつましあればはるばるきぬる旅をしぞ思ふ**　在原業平（古今集・羇旅）

訳▼唐衣を繰り返し着てくたくたになった褄〈裾〉のように、私には馴れ親しんだ妻がいるので、はるばる遠く来てしまった旅を思うことよ。

B　**逢坂もはては行き来の関もゐずたづねてとひ来来《こき》なば帰さじ**（栄花物語・月の宴）

訳▼逢坂も最後は関がなくなるように、もはや二人を隔てるものもいない。気兼ねなく訪ねて来なさい。来てくれたらもう帰しませんよ。

……………………………………………………

✿折句――「かきつばた」

和歌には遊戯的な要素がたくさんあります。その一つが、折句《おりく》・沓冠《くつかむり》というレトリックです。折句は、五文字（五音の文字）をばらばらにして、和歌の五七五七七のそれぞれの句の頭に詠みこむ方法です。では、実際の歌を例にとって説明してみましょう。Aの歌を全てひらがなに直して、引用します。

A　か|らころもき|つつなれにしつ|ましあればは|るばるきぬるた|びをしぞおもふ

五七五七七のそれぞれの句の頭に傍線を付してみました。この傍線部を連続して読んでみると、「か・き・つ・は（ば）・た」となります（当時は濁点をつけないので、「ば」も「は」と表記されるのです）。「かきつばた」とは、「杜若」のことで、水辺に生えて、五、六月頃に青紫色の花を咲かせる花のことです。アヤメ科の多年草に属し、サトイモ科の菖蒲（あやめ）とは別物です。この「かきつばた」の五文字をばらばらにして、和歌の各句の頭に散らしています。これが、折句です。

さて、Aの和歌は、どうして、このようなからくりで「かきつばた」のことばを折り込んで詠んだのでしょう。この歌が誕生した事情は、「古今和歌集」の詞書《ことばがき》（和歌の前に記され、その歌が詠まれた事情を説明した文章）と「伊勢《いせ》物語」九段「東下《あづま》り」によって知ることができます。「伊勢物語」の原文と現代語訳を紹介しましょう。

（原文）

昔、男ありけり。その男、身をえうなき物に思ひなして、京にはあらじ、東《あづま》の方に住むべき国求めにとて行きけり。もとより友とする人ひとりふたりして行きけり。道知れる人もなくて、まどひ行きけり。三河《みかは》の国、八橋《やつはし》といふ所にいたりぬ。そこを八橋といひけるは、水ゆく河の蜘蛛手《くもで》なれば、橋を八つわたせるによりてなむ、八橋といひける。その沢のほとりの木の陰に下《お》りゐて、乾飯《かれいひ》食ひけり。その沢にかきつばたいとおもしろく咲きたり。それを見て、ある人のいはく、「かきつばたといふ五文字を句の上《かみ》にすゑて、旅の心をよめ」といひければ、よめる。

（Aの歌）

とよめりければ、皆人、乾飯の上に涙おとして、ほとびにけり。

（現代語訳）

昔、男がおりました。その男が自分を無用のものと思い込んで、都にはもう住みたくない、東国の方に住むべき国を求めて、出かけて行ったのです。古くからの友達、一、二人と連れ立って行きました。道を知る人もいないので、迷いつつ行きました。三河国（愛知県）八橋という所に着きます。そこを八橋というのは、水が流れる川が蜘蛛手のように分岐しているので、橋を八つ渡していたからだといいます。その沢辺の木陰に下りて行って座り、乾飯を食べました。その沢にはかきつばたがとても美しく咲いていました。それを見て、ある人が「かきつばたの五文字を歌の句の頭に置いて、旅の歌を詠みなさい」と言ったので、詠んだ歌です。

（Aの歌）

と詠んだので、人々は皆、乾飯の上に涙を落として、乾飯はふやけてしまいました。

「かきつばたといふ五文字を句の上にすゑて」が折句を意味しています。Aの歌はこのように、「ある人」の課題に応えるかたちで詠まれたのでした。ただ、ここでは「折句」ということばは使われていません。折句ということばが確認できるのは、もう少し時代が下って、平安時代末の藤原清輔《きよすけ》の「奥義抄《おうぎしょう》」あたりからです。

Aの歌を、こうした状況の中で読み直してみると、目の前に咲いていたかきつばたということばを、あえてばらばらにして和歌の中に折り込んだのだということがわかります。ばらばらにして折り込むのは、かなりの技を必要とするので、力量を競い合うという意味もあったのでしょう。そして、この一行は、都を離れて東国に向かおうとする、言わば運命共同体とも言うべき同志たちです。気心が知れた友であるからこそ、遊び心で少しひねった課題に取り組んでみたのかもしれません。

折句は刺繍

この折句を現代のものに喩《たと》えるとしたら、洋服やハンカチ等にお気に入りの柄をほどこす、刺繍が近いと思います。美しい花や愛らしい動物を服に刺繍したり、それらを刺繍した服を着ることは誰しも経験があるものです。歌全体の意味とは関係がないけれども、目の前に咲く花を衣に刺繍するように、花の名前を一首の中に折り込む気持ち、わかる気がしませんか？

あることばを刺繍のように歌の中に折り込むというときに、思い出すのは、「物名《もののな》」です。広い意味で言えば、折句は物名（第7章参照）の一種といえます。しかし、物名はばらばらに分解せず、ことばをそのまま歌の中に詠みこむので、耳で聞いているとそのことばとわかります。しかし、折句は耳で聞いてもすぐにはわかりません。折句であることに気が付いて、ばらばらだった五文字をつなげてみて初めて理解できるのです。物名の進化型とも言えるでしょう。

ここで、視点をある絵画に転じてみましょう。Aの折句である「かきつばた」を描いて有名なのが、尾形光琳《おがたこうりん》の国宝「燕子花《かきつばた》図屏風」（根津美術館所蔵）です。Aの歌（「伊勢物語」九段の場面）をふまえ、しかもかきつばたの花だけを切り取って絵画化しているのです。旅をする主人公たちは描かれず、かきつばたの花の絵だけで、この歌（「伊勢物語」九段）の世界を表現しているのです。これを、留守《るす》

尾形光琳・国宝「燕子花図屛風」(根津美術館所蔵)

模様《もよう》と呼びます。留守模様とは、主人公を描かずに、道具や背景だけで、有名な物語や歌の世界を想像させる方法です。画中に人物は描かれていなくても、背景から豊かに想像の翼を広げさせるのです。「伊勢物語」を愛好し、「八橋図屛風」も描いた光琳が、「伊勢物語」九段を抜きにして、この絵を描いたはずがありません。「燕子花図屛風」を見る人は、ただかきつばたが描かれただけの絵から、その傍《そば》に腰をおろして、故郷の妻を恋い、涙をこぼす昔男の姿や「唐衣」の歌を想像しながら、鑑賞していたのです。「伊勢物語」を知らない人は、ただのかきつばたの絵だと思って見るだけですが、「伊勢物語」の世界に気づいた人は、豊かな想像力をはばたかせながら、絵画の世界を深く楽しむことができるという仕組みになっています。ただ、この留守模様が成立するためには、誰もが知っているという共通認識がなければいけません。かきつばたといえば、誰もがAの歌や「伊勢物語」九段を想起するような、普遍性がなければならないのです。

目の前に咲くかきつばたから折句に詠みこんだAの和歌が生まれ、Aの和歌からかきつばたの絵が生まれます。折句の場合は、各句の頭の文字を一文字ずつ切り取ってつなげてみないと「かきつばた」とは知られないので、暗号のように和歌の中に潜《もぐ》り込んでいます。そして、絵画になると、その暗号の部分だけを大きく取り上げて、可視化しているのです。図式化してみると、

かきつばた（実景）↓和歌の折句（ばらばらの状態）↓かきつばた（絵画）

となりましょうか。こうしてみると、「燕子花図屛風」は、和歌の折句を可視化したものとも言えます。また、「燕子花図屛風」がＡの和歌・「伊勢物語」九段を想起させる一種の謎解きの要素を持っているのも、Ａの和歌が折句を見つけ出させる謎解きであったことの変形とも言えるのです。

そう考えてみると、日本の和歌も絵画も、自然を題材にしていますが、決して単純にはそれを取り込んでいないことに改めて気づかされます。遊び心にあふれていて、「わかります？」と私たちに問いかけているような気がするのです。

和歌の心を知る

「伊勢物語」第九段に、「かきつばたといふ五文字を句の上にすゑて、旅の心をよめ」と命じられて詠んだとあるように、Ａの歌は題詠《だいえい》（第10章参照）の性格も持ちあわせています。この歌が達成しなければならなかった題は、折句のほかにもう一つありました。それは「旅の心」を詠むという点です。Ａの歌はこの課題をどのように詠み得たのでしょうか。折句と直接関係がないように思えますが、Ａの歌を理解するために必要なことなので、説明しておきたいと思います。

まずは、この歌に用いられている、折句以外のレトリックを取り上げましょう。「つま」が「妻」と「褄（着物の衿から裾にかけての部分）」、「はる」が「遥」と「張る（着物を洗った後、板に広げてハリをもたせること）」、「き」が「来」と「着」の掛詞（第4章参照）となっています。図式化してみると、

① 妻―遥―来
② 褄―張る―着る

となります。①と②にはそれぞれ共通点があります。①は人間のこと、②は着物に関することばであるという点です。そして、着物つながりのことばの②の「褄」「張る」「着る」は、「唐衣」の縁語（第5章参照）となっています。着古して褄がくたっとなった衣を張り直して着るという②と、妻を都に残しているので、遥々遠くやって来た旅を思うという①は、一見関係なさそうに見えますが、そうではありません。はっきり訳さなくても、①の縁語仕立てのことばは、慣れ親しんだ妻のイメージを感覚的に蘇《よみがえ》らせる役割を果たしているのです。慣れ親しんだ妻は、住み慣れた都の象徴です。折句が一首の意味とは関係がなく、刺繍のような飾りであったのに対して、掛詞のことばは和歌の意味、状況や心情と深く結びついています。Aの歌は、「旅の心を詠む」という課題を、掛詞・縁語を使って、都からはるか遠い所に来ていること、残して来た妻がいかに馴染《なじ》んだ存在であったかを強調し、恋しく思う気持ちを表現しました。だからこそ、この歌を聞いて、そこにいた一行は皆涙を流したのです。

この歌が詠まれるきっかけは、かきつばたの美しさと旅先という状況です。だからこそ、ある人はかきつばたを折句にしたうえで、旅の心を詠みなさいと言ったのです。では、この二つのうち、どちらが重要だったのでしょうか。それはもちろん、旅の心、望郷の心です。挫折体験を経て、都《みやこ》落《お》ちをしていく人たちにとって、悲しみが頂点に達していた時期なのですから。そして、ここで、もしかきつばたの美しさも同時に和歌の中核に据《す》えていたら、どうなったでしょう。かきつばたと旅情は一首の中でうまく融け合えなかったはずです。しかし、この歌ではかきつばたは折句というかたちで詠みこまれ、歌の直接的な意味は持ちませんでした。歌の中の装飾的な存在となり、旅情、望郷の心を静かに彩《いろど》る存在として取り込まれたのです。これが折句の全てに言えるかというとそうではありませんが、折句はやはりことば遊びであり、脇役だと思います。折句が用いられる意味として、主情を生かす脇役的な役割という点を挙げておきたいのです。

沓冠は折句の応用篇

さて、次に、沓冠の説明をしましょう。沓冠は、折句を複雑にしたものです。折句は五文字をばらばらにしていたのに対して、沓冠は十文字をばらばらにして、歌の各句の最初の一文字と最後の一文字に置くのです。これが基本です。句を人間に見立てて、頭に冠を載せ、足に沓をはいているという意味の命名なのですね。藤原清輔の「奥義抄」は「十字あることを毎句の上下におくなり（十文字あることばを毎句の一番上と一番下に置くものである）」、順徳院《じゅんとくいん》の「八雲御抄《やくもみしょう》」は「毎句上下に文字を入れたるなり（毎句の一番上と一番下に文字を入れることである）」と説明しています。

具体的な例に即して説明してみましょう。Bの歌を全てひらがなにして引用します。

B　あふさかもはてはゆききのせきもゐずたづねてとひこきなばかへさじ

この歌の、各句の頭の傍線部の文字をまず読んでみてください。「あ・は・せ・た・き」です。ここまでは折句と同じです。次に、各句の最後の文字の二重傍線部を読んでみてください。「も・の・す・こ・し」です。続けて読むと、「あはせたきものすこし」となります。漢字をあてると「合わせ薫物少し」ですが、これだけでは意味がわかりませんよね。出典の「栄花物語」から説明を加えましょう。

（原文）

内よりかくなん、

　Bの和歌

といふ歌を、同じやうに書かせたまひて、御方々に奉らせたまひけるに、この御返事を方々さまざまに申させたまひけるに、広幡《ひろはた》の御息所《みやすんどころ》は、薫物《たきもの》をぞまゐらせたまひたりける。さればこそ、なほ心ことに見ゆれと、思しめしけり。いとさこそなくとも、いづれの御方とかや、いみじくしたてて参りたまへりけるはしも、勿来《なこそ》の関もあらまほしく思されける。御おぼえも日ごろに劣りにけりと聞こえはべりし。

（意味）

村上天皇がＢの歌を、同じようにお書きになって、お妃たちに差し上げなさったところ、このお返事を様々にお寄せなさったが、広幡の御息所（源計子）というお妃だけが「薫物」（合わせ薫物のこと。数種の香料を練り合わせた香）を差し上げたのです。帝は、さすがに広幡御息所は他の人とは心得が違うと感心なさったといいます。この御息所ほどではなくとも、どのお方だったか、たいそう着飾って帝のもとに参上なさったのには、勿来の関でも置いて、来るのを止めたいとお思いになりました。帝の御寵愛もこれまでよりも劣ってしまったと評判になりました。

ことば遊びであり、謎解きでもありますが、沓冠がわからないがゆえに他の妃たちは帝の寵愛を失ったというのですから、事は重大です。この歌は、沓冠に現実的な意味、本当の用件が込められており、Ｂの和歌における求愛の意味は、うわべだけの虚言《きょげん》に近いものです。だから、真《ま》に受けて、着飾ってやって来た妃に対して、帝は興ざめしてしまったのです。この場合、歌は沓冠を入れる箱に過ぎません。Ａの歌もある人の課題でしたが、Ｂの歌も帝の課題、謎かけです。歌一首の意味と、沓冠のことばには、関係性がない点も同じです。違うのは、一首の歌の内容に意味がないという点です。

兼好の沓冠

このかたちが基本ですが、バリエーションがあるので、もう一例紹介しましょう。「徒然草《つれづれくさ》」の作者兼好《けんこう》法師が友達の頓阿《とんあ》に贈った歌です。この歌も沓冠の方法を用いています。

夜《よ》も涼し寝覚めの仮庵手枕も真袖も秋にへだてなき風　兼好（続草庵集《ぞくそうあんしゅう》）

訳▼夜も涼しくなって、仮庵で寝覚める一人寝の手枕も両袖も、秋がすぐそこに来ていることを知る風が吹くことよ

ひらがなに直してみましょう。

よもすずしねざめのかりほたまくらもまそでもあきにへだてなきかぜ

まずは、各句の頭（冠）に傍線を付して、続けて読んでみます。

よもすずしねざめのかりほたまくらもまそでもあきにへだてなきかぜ

「よねたまへ」つまり「米給へ」と、お米をくださいと頼んでいるのです。これだけだと、折句なのですが、この歌は沓冠の歌です。各句の最後の文字に二重線を引きます。

よもすずしねざめのかりほたまくらもまそでもあきにへだてなきかぜ

先の「逢坂も」の歌のように、二重傍線の部分を上から読んでも意味をなしませんので、今度は下から読んでみましょう。「ぜにもほし」つまり「銭も欲し」となります。これが正解です。「銭もほしい」とおねだりしているのでした。冠とあわせてみると、「米給へ、銭も欲し」と、米と銭をおねだりするという歌なのでした。ねだられた頓阿が返した歌を引いてみましょう。

夜も憂しねたく我が背子《せこ》果ては来《こ》ずなほざりにだにしばしとひませ　頓阿（続草庵集）

訳▼夜もつらい。憎いことに我が恋人はついに来なくなってしまった。いいかげんな気持ちでもいいので、少しは訪ねて来てほしい

この歌もひらがなに直し、兼好の歌と同じように、各句の頭に傍線を、末に二重傍線を引きます。

よるもうし　ねたくわがせこ　はてはこず　なほざりにだに　しばしとひませ

傍線部を続けて読むと「よねはなし」つまり「米はなし」です。二重傍線部を上から読むと、「しこすにせ」で意味が通じませんので、下から読んでみます。「せ（ぜ）にすこし」つまり「銭少し」となります。続けると、「米はなし、銭少し」ということばが浮かび上がってきます。このやりとりも本気というよりは、ことば遊び、謎解きを楽しんでいたと見るべきでしょうね。

こうしたレトリックは、ことば、仮名文字をとても大切にしていた時代の文化です。今の時代にもことばを使ったクイズやパズル、回文《かいぶん》などもありますが、是非一度、折句・沓冠を用いて、和歌を詠んでみてください。

▼谷　知子

第9章◉【長歌】ちょうか

長歌は、思い出を長くとどめるための記念写真。

山部宿禰赤人《やまべのすくねあかひと》、富士《ふじ》の山を望む歌

A　天地《あめつち》の　分かれし時ゆ　神《かむ》さびて　高く貴き　駿河《するが》なる　富士の高嶺《たかね》を　天《あま》の原　振りさけ見れば　渡る日の　影も隠らひ　照る月の　光も見えず　白雲も　い行きはばかり　時じくぞ　雪は降りける　語り継ぎ　言ひ継ぎ行かむ　富士の高嶺は（万葉集・巻三・雑歌）

反　歌

B　田子《たご》の浦ゆうち出《い》でて見ればま白にぞ富士の高嶺に雪は降りける

……………………………………

訳▼

山部宿禰赤人が、富士山を望んで作った歌

天と地とが分かれた遠い遠い昔から、神々しくて、高く貴き、駿河の国にある富士の高嶺を、天空、はるかに振り仰いで見ると……天空を渡ってゆく陽光も隠れゆき、照る月の光すらも見えぬ――。白雲もまたさえぎられて、進むことをためらい、いつという定められた時もなく、ずっとずっと雪は降り積もっている。いつまでも、いつまでも語り継ぎ言い継いでゆこう（かく偉大なる）富士の高嶺のことは……。

反　歌

田子の浦を通ってゆき、富士山の見える所へ出て見れば……、純白な富士の高嶺に、雪が降っている――

長歌とは何か？

富士山って、すごい山なんだぞぉー、偉大な山なんだぞぉー、という気持ちを伝えたいという作者の思いを推定して、ちょっと威厳を持った調子で訳にしてみました。いかがでしょうか。

さて、話は変わりますが……。「長い」ということは、どういうことでしょうか。十九メートル、長いですか？ 五メートルよりは長いでしょうが、二十五メートルよりは短いでしょう。十九句は、長いでしょうか、短いでしょうか。つまり、長い、短いは比較の問題ですよね。歌のなかで長い歌を、「長《ちょう》」ないし「長歌《ちょうか》」といいますが、五音・七音・五音・七音・七音の五句からなる歌、五音・七音・七音・五音・七音・七音の六句からなる歌に対して、それよりも長い歌を「長歌」と考えればよいでしょう。七句以上から成っている歌が「長歌」です。すると、長歌より短い歌が「短歌」ということになりますね。ただ、一般的には、五音・七音・五音・七音・七音の歌を「短歌」と呼ぶ習慣があります。

長歌は、七世紀後半から八世紀中葉までの歌を集めた「万葉集」に、ざっと数えて二百六十五首あります。「万葉集」の歌は、数え方にもよりますが、四千五百首あまりありますので、「万葉集」において五ないし六パーセントということになります。少ないと思いますか。確かに、全体から見ると少ない――。だとすれば、「万葉集」の時代、すでに短歌が中心であったと考えてよいでしょう。ところが、平安時代の「古今和歌集」（十世紀初頭成立）になると長歌にあたるものは、五首しかありません。「古今和歌集」の歌の数は、千百首あまりですから、〇・五パーセントくらいとなります。さて、この数字をどうみるか、私も頭の痛いところです。一応、次のように考えておきます。

① 現存する最古の歌集である「万葉集」では、短歌が中心であるが、「古今和歌集」に比べれば長歌は多い。
② 「古今和歌集」における長歌は、特例のような存在であった。
③ ということは、長歌はすでに「万葉集」の時代において、メジャーな歌のかたちではなかったが、その後、ますますマイナーな歌のかたちになっていった。

ここからは、専門家でも意見が分かれるところなのですが、一つの考え方を示します。七世紀から八世紀の万葉の時代は、短歌中心の時代であったが、後の時代に比べれば、長歌もまだまだ作られていた時代だった。以降、特殊な場合を除いて長歌が作られることは、稀になった。だとすれば、逆説的に、こうもいえます。「万葉集」の時代は、長歌の時代であった、と。ただ、その「万葉集」においても、今日のわれわれの目から見て、力作と思われる長歌は、柿本人麻呂《かきのもとのひとまろ》、山部赤人《やまべのあかひと》などの作品で、それ以降の表現は、きわめて形骸化した歌となってゆきます。ここでいう形骸化とは、前の時代の作品のかたちだけを真似している作品という意味で用いています。

ここまで読んだ人は、長歌というのは、たいそうマイナーな歌のかたちだったのだと思ったでしょう。でも、長歌には、以下のような側面もありました。長歌を作り、それを発表することができて、さらに作った長歌が歌集に収められている歌人は、当時高い評価を受けていた歌人だったという側面です。柿本人麻呂は、「万葉集」の時代においてすでに高い評価を受けていた歌人でした。「万葉集」二十巻のなかで、古い時代、すなわち持統天皇《じとうてんのう》（六四五―七〇三）の時代にできたとみられる巻一と巻二は、柿本人麻呂の歌を中心に編纂されています。そして、巻一と巻二は、長歌を中心に宮廷の歴史を辿《たど》る構成となっているのです。

ではなぜ、長歌は、これほどまでに重んぜられていたのでしょうか。それは、長歌が公的な場で披露される歌だったからです。ここでいう公的な場とは、宮廷における大切な行事の場をいいます。たとえば、天皇の旅である行幸《ぎょうこう》、その行幸の前後に行われる宴などが、公の場です。読者のなかには、「えっ、宴の席が公的なの？」と思われる読者もいるかもしれませんが、宮廷社会においては、宴は大切な行事でした。それは、宴を通じて多くの人びとが、心を一つにするからです。そういう場で、長歌を披露できるということは、その時代においてごく一部の限られた人ということになります。二つの必要条件を上げてみると、

① 同時代において作品に高い評価がある歌人であった。
② 宮廷内で高い地位にある人や、権力をもっている人の信頼を勝ち得た人であった。

ということになるでしょうか。この条件に適《かな》い、持統天皇の時代に宮廷内で長歌を作っていたと思われるのが、柿本人麻呂です。対して、聖武天皇《しょうむてんのう》（在位七二四―七四九）の時代において、柿本人麻呂と同じような立場にあったのが、笠金村《かさのかなむら》という歌人と山部赤人です。だから、教科書においては、柿本人麻呂と山部赤人の長歌が取り上げられることが多いのです。それは、以上の理由によって、「万

葉集」を代表する歌人の作品と考えられているからです。

さて、私が、この本で取り上げたのは、富士山を見た感動をより多くの人に伝えたいと思って作られた、山部赤人の長歌と、その長歌にそえられている「反歌《はんか》」と呼ばれる歌でした。この「反歌」は、「五・七・五・七・七」の短歌のかたちをとっていましたね。

これから、言葉の解説をしてゆきますが、私は、赤人が富士山のどんなところに感動したのかということに力点を置いて、解説してゆきたいと思います。

語釈

「天地の分かれし時ゆ」とは、「天と地が分かれた神代の時代から」ということなのですが、ここは神話のような語りとなっています。もともと一つであった天と地が分かれていったという語りから、この歌は始まるのです。じつは、「古事記《こじき》」「日本書紀《にほんしょき》」という奈良時代の書物にも、一つであった天と地が分かれていったと書いてあります。雄大な神話ですね。「神さびて」は、「神々しい」ということです。「高く貴き」は、高いだけでなく、赤人は貴く見えると歌っているのです。「駿河なる」の「駿河」は、静岡県の東部。「なる」は「ニアル」ということです。「天の原振りさけ見れば」は、「天の原に振りさけ見れば」ということで、天空に振り仰いで見ることをいいます。「影も隠らひ」の「影」は陽光をいいます。不思議に思う人も多いと思いますが、古典の「カゲ」は光と影の両方をいう言葉なのです。「い行きはばかり」の「い」は接頭語で、「はばかる」は、ここでは「あまりにも偉大で行くことがためらわれる」ということを表しています。遠慮するということです。

尊敬する人、威厳のある人の前を横切ることがためらわれるように、そこを通ることがためらわれるということです。「時じくぞ」は、「その時でない」ということですが、ここでは「時に関係がなく」ということで、一年中という意味となります。「雪は降りける」は、実際には、「降り積もっている」ことを表します。今、降っているのが見えるということではありません。降り積もっている状態を表しているのです。「語り継ぎ言ひ継ぎ行かむ」は、この感動をずっとずっと語り伝えていってほしいということです。たとえ、自分が死んでもということです。最後の句の「富士の高嶺は」は、倒置法で、「富士の高嶺のことは」というくらいに考えておくとよいでしょう。

「田子の浦ゆうち出でて見れば」は、富士山が見えないところから、突然視界が開けて、見えるようになったことをいいます。つまり、富士山が突然、目に飛び込んできた感動を表してこう表現しているのです。「ゆ」は、通過してゆくことを示す格助詞で、ここでは「〜ヲ通って」と訳せばよいでしょう。「ま白にぞ」は、白は白でも「まっ白」と強調したいい方です。まさに純白。赤人は、その白さに感動したのです。

赤人は何に、どのように感動したのか?

赤人は、富士山が神々しく、高く貴くそびえることに感動しました。では、どれほど神々しいのか? 太陽もそこを通るのがはばかられるくらいに。月もその光を遠慮してしまうくらいに。白雲もそこを通るのがはばかられるくらいに……神々しいということなのです。さらには、白雪が一年中ある山など、めったにありませんよね。

大和すなわち現在の奈良県に住む人にとっては、雪は冬に降るものでした。だから、一年中降っているというのは、神々しいのです。今、自分が見た富士山の神々しさを、私はこうやって歌で語るよ。でも、私のこの歌を聞いたり読んだ人は、それぞれの自分たちの言葉でずっとずっと伝えておくれ。この富士の高嶺のことは――、と赤人は歌っているのです。

私は、小学校四年生の時に、初めて富士山を見ました（四十六年も前）。その初めて見た時の感動は、四十年を経て忘れることのできないものです。そういった感動を、自分が死んだあとも、語り継いでほしいというのが、赤人の主張なのです。

では、その神々しさを、赤人はどのように語っているのでしょうか。天と地が分かれて、この世が生まれる神話として語っています。だから、この歌は富士山を語る神話として読むべきものなのです。なぜならば、天と地が分かれた時から、このように高くて貴いと歌っているからです。

「万葉集」の時代を生きた人びとは、まずはじめに「神代」と呼ばれる神々の時代があり、次に「昔」と呼ばれる時代があって、その次に、「うつせみ」とよばれる今、すなわち自分たちが生きている時代がやって来たと考えていました。天と地が分かれた時とは、「神代」のことです。赤人の見ているのは、今、ここにある「うつせみ」の富士山。一方、心の中で思い起こしているのは、神話の時代なのです。

難しい話はここまで――。勉強に疲れたら万葉の旅をしませんか。まず、奈良に来て、山々を見て下さい。なんとなだらかな山々なこと。その青々とした緑を見て下さい。それは、まるで奈良盆地を囲む青い垣根のようです。その後で、富士山を見て下さい。そうして、奈良の山々を見て暮らしていた山部赤人が、はじめて富士山を見た時のことを想像してみて下さい。そこで、皆さんは、どう思うか。考えてわかること、歩いてわかること、その両方を学んでほしいと思います。

子等を思う歌

山部赤人の「山部宿禰赤人、富士の山を望む歌」だけを取り上げると、長歌はお堅いものだと思われるので、山上憶良《やまのうえのおくら》の次の歌も取り上げておきましょう。子どもへの愛情を歌った歌ですね。ただ、親が子を思う愛情という普遍的な愛について語られてはいるのですが、じつは、たいそう難しい歌なのです。はて、困った。

C 子等《ら》を思ふ歌一首

瓜《うり》食《は》めば　子ども思ほゆ　栗《くり》食めば　まして偲《しぬ》はゆ　いづくより　来たりしものそ　目交《まなかひ》に　もとな懸《か》かりて　安眠《やすい》し寝《な》さぬ（万葉集・巻五）

D 反歌

銀《しろがね》も金《くがね》も玉も何せむに勝《まさ》れる宝子に及《し》かめやも（万葉集・巻五）

訳▼

子どもについて思う歌一首

瓜を食べるとね、子どものことが思い出される。栗を食べるとね、ますます偲ばれる。どこからやって来たものなのか、ちらちらと影が目について、ゆっくりと寝させてはくれぬのだ――。

反　歌

金・銀・玉も、何としよう。（かのすばらしき）無上の宝も、子にまさることがあろうか（いや、あるはずもないではないか、そんなこと）

語釈

「瓜食めば～栗食めば～」は、「瓜や栗を食べる時は、いつもきまって」という意味です。それにこの二つは、子どもの大好物ですよね。子どもは甘いものを好みますから。「偲はゆ」は、「偲ばれる」の意。「いづくより来たりしものぞ」は、どこからやって来たのか、本人もわからないということなのです。「目交」は、眼前にということだから、目の前にチラチラすることをいうのでしょう。「もとな懸かりて」の「もとな」は、理由もなく、わけもなくという意味の副詞です。つまり、自分ではどうすることもできないのですね。気になって気になってしょうがないという意味です。「安眠し寝さぬ」は、「安眠《あんみん》」ができないということです。つまり、気にかかって、気にかかって、眠ることができないと歌っているのです。

「銀・金・玉」は、財宝の代表ですよね。「勝れる宝」とは、「勝っている宝すなわち子」ということとです。「子に及かめやも」は、子どもに及ばないのです。以上が、語釈です。訳は、親の立場になって、聞き手に語りかけるように作ってみました。

じつは序文があるのです

これは、「万葉集」で、もっとも有名な歌の一つですよね。親の子を思う愛を語る時に、必ずといってよいほど引用される歌です。しかし、忘れてはならないことがあります。長歌には、序文が付いているのです。したがって、序文も読まなくてはなりません。ところが、高校の教科書では、省略されています。私は、序文が省かれていることを、たいそう残念なことだと思います。山上憶良という人が、せっかく書いた序文。歌は、その序文とともに味わうべきものですから。ですから、序文を見てみましょう。

子等《こら》を思ふ歌一首〔并せて序〕

釈迦如来《しやかにょらい》、金口《こんく》に正《まさ》しく説《と》きたまはく、「衆生《しゆじやう》を等《ひと》しく思ふこと、羅睺羅《らごら》のごとし」と。また説きたまはく、「愛するは子に過ぎたりといふことなし」と。至極《しごく》の大聖すらに、なほし子を愛したまふ心あり。況《いはむ》や、世間《よのなか》の蒼生《あをひとくさ》、誰《たれ》か子を愛せざらめや。（万葉集・巻五）

訳▼

子どもについて思う歌一首〔あわせて序文〕

お釈迦様その自らのお口で説かれた、そのじきじきのお教えに、「私が民衆を平等に思う気持ちというものは、わがひとり子である羅睺羅も同じである――」とおっしゃった。また、「さまざまな愛の中で、子どもに対する愛情にまさるものはないのだ」ともおっしゃった。こんなことを仰せになるくらいだから、最高の聖者であられるお釈迦様ですら、やはり子どもを愛おしいとお思いになったのだ。だとすれば、まして愚かなる民であるわれわれは、この世間のうちで誰が子を愛さないものがいるというのだ。いるはずがないのだ（仏教では、子は迷いの象徴だが、子どもほど愛おしいものはない）。

語釈

「釈迦如来」は、仏教の始祖であるお釈迦様のこと。お釈迦様は、紀元前五百六十年頃に、ヒマラヤ山麓の釈迦族の王族の家に生まれました。妻であった耶輸陀羅妃《やしゅだらひ》との間に、ひとり子である羅睺羅をもうけましたが、二十九歳の時に妻子を残して家を出てしまいました。いわゆる出家です。お釈迦様は、道を拓《ひら》くためには、家を出て、修行しなくてはならないと考えたのです。「如来」は、真理の道より来れる者という意味で、尊称《そんしょう》とみてよいでしょう。「金口」は、お釈迦様の口のことです。金色は、お釈迦様が持っている力を象徴する色なのです。したがって、金口といえば、お釈迦様の口のことをいうのです。「衆生を等しく思ふこと、羅睺羅のごとし」の「羅睺羅」は、お釈迦様のひとり子のことでしたね。「至極の大聖すらに、なほし子を愛したまふ心あり」の「大聖」とは、偉い人、聖人のことをいいます。もちろん、お釈迦様のことです。「世間の蒼生」は、世の中の民衆のことを草にたとえた表現です。古代の人びとは、人間を草にたとえることがあったのです。

山上憶良の言いたかったこと

では、内容について見てゆきましょう。憶良は、お釈迦様が「金口」すなわち、お釈迦様に具わったとされている金色の口から出た言葉を、この序文で引用しているのです。それは、衆生すなわち民衆を平等に思うことは、羅睺羅のようだというのです。つまり、自分が民衆を思う心は、わがひとり子・羅睺羅を思う心となんら変わりがないというのです。それほどの思いで、私は民を愛しているのだというのです。さらに、お釈迦様がいうことには、「愛するということでいえば、子どもに及ぶものはない」と。つまり、お釈迦様の民衆を愛する気持ちが、ここに表現されているのです。

仏教における「愛」とは、執着や耽溺《たんでき》をもたらす迷いの根源です。だから、捨てさるべきものです。お釈迦様のごとく偉い「大聖」ですら、子に心を奪われ、執着し、迷いの心が生まれるのに、まして、世の中の「蒼生」すなわち一般の人間においては、子どもに執着しない人などいないといっているのです。つまり、子どもへの執着から逃れられる人など、この世にはいないのだ、と序では説かれているのです。結句《けっく》の「誰か子を愛せざらめや」は、「誰か子を愛さない人はいないだろうか」の意味です。ここでいう愛は人を迷いの道に追いやる根源だから、罪悪そのものということになります。子を愛し、家族を愛する心情は、一つの欲です。だから、欲を捨てて仏教者としての信念を貫くためには、「出家」をしなくてはならないのです。

信仰中心主義か、人間中心主義か

序文は、愛を迷いの根源とし、その最大のものこそ子どもへの愛情だと説くものでしたね。ところが、憶良は、そういう迷いを人が脱しきるのは不可能だ。第一、お釈迦様でさえ、子どもへの愛は断ち切れないのだからと説くのです。つまり、人の人たるところは迷うというところにあり、その迷いから人が解放され得るものではないというのが憶良の主張なんですね。信仰を中心に考えれば、子は迷いの対象であり、家も妻子も捨て去るべき対象だが、人の人たるもの、そうはいかない。子への愛を断ち切ることなど人間のできることではないというのです。

これは、一つの人間中心主義といえます。信仰中心主義では、教義に殉《じゅん》じることが第一であり、仏教においては迷いの根源を絶つことが求められます。家族など捨て去るべき存在です。人間中心主義では、人の幸福の方が教義に優先します。とすれば、人はずっと迷いの中にあるということになります。それでもよいのだというのが、憶良からのメッセージなのです。憶良が、この歌で言いたかったメッセージを、私はこう受け取りました。「上野君、愛に迷う時は迷ってよいのだよ。お釈迦さんだって迷ったんだからね」と。

ふたたび長歌とは何か？

たしかに、短歌は短歌で、作るのは大変です。短い言葉に凝縮しなくてはなりませんから。しかし、長歌を作るのも、かなり大変なことです。句を連ねて思いを述べてゆくわけで、長い分だけ、作るのに時間もかかったことでしょう。誰もが、簡単に作れるというものではありません。ちなみに、いちばん句数の多い長歌は、百四十九句にも及びます。したがって、長歌はあらかじめ、披露される時と場が決まっていて、その披露される場に合わせて作られる文芸だということができます。

神々しい山を見て、その山のことを後世に伝えたい。
伝説を聞いて、それは大切な伝説だから伝えたい。
亡くなった人を偲びたい。
天皇が行幸した時のことを後世に伝えたい。

などの目的があって、あらかじめ作った歌を、宴の席などで披露したのでしょうね。ですから、私はこんなことを考えています。長歌とは、思い出を永く留める写真のようなものである、と。人にも、家族にも、会社にも忘れたくない日というものはあるものです。結婚の思い出、家族旅行、社員旅行の思い出などなど。今なら、集合写真やスナップ写真をパチリということになるでしょう。しかし、奈良時代にはそうはゆきません。だから、有名な歌人に依頼して、長歌を作らせたのだと思います。

だとしたら、長歌を読む時は、どういう点を思い出として残したいと思ったかを、念頭に置いて読むとよいかもしれませんね。

▼上野　誠

第10章●

【題詠】だいえい

題詠は、変わらない真実を表そうとする試み。

作者は寒かったか

A　**志賀《しが》の浦や遠ざかり行く波間より凍りて出づる有明《ありあけ》の月**　藤原家隆《ふじわらのいえたか》（新古今集・冬）

訳▼志賀の浦よ。しだいに遠ざかっていく波の間から凍りついた有明の月が上ってくることだ。

「志賀の浦」は琵琶湖のことです。冬の明け方、もっとも寒い時間に作者は琵琶湖のほとりにいて、湖を眺めています。すると、波の間から凍りついた有明《ありあけ》の月が上ってきたというのです。有明の月は夜明け間近の細く欠けた月です。波が遠ざかって行く、というのは、寒くなるにつれて湖が岸の方から沖へと氷が張って行き、波の立つところも沖へと移って行く、という状態の表現です。厳冬のきびしい、しかし冷えさびた美しい自然を描き、それによって人間の毅然《きぜん》とした精神を象徴的に感じとらせています。

寒かったことだろうと思うかも知れません。しかし、それは思い過ごしです。この歌には「摂《せっ》政《しゃう》 太政《だいじゃう》大臣《だいじん》家《け》歌合《うたあはせ》に、湖《こ》 上《じゃうの》 冬月《ふゆのつき》」という詞書《ことばがき》（和歌の前に記され、その歌が詠まれた事情を説明した文章）が付けられています。したがって、この歌は摂政太政大臣（藤原良経）の家で行われた歌合《うたあわせ》（歌人を左右の2グループに分け、それぞれから和歌を出し合って、優劣を競う歌会）のために作られたもので、作者は自分の家で作ったに違いありません。当時は歌合などの歌 会《うたかい（かかい）》が頻繁に行われていました。その時には、それぞれの歌人にどのような主題の歌を詠んできてほしいかが指示されたのです。この歌については「湖上冬月」というのがそれに当たります。このようなものを「題」「歌題《かだい》」と言います。また、それに即して歌を詠むことを「題詠」と呼んでいます。

勿論、題詠のために作者が実際に体験してみる、ということがあっても構いませんが、一般にはそのようなことはしません。深い古典教養に裏打ちされた想像の中で創り上げていくのが普通です。この歌もそのようにして作られた歌です。逆に、一度の体験で詠むことは望まれていたことではありませんでした。体験というものは一人の限られた機会でのものでしかありません。歌は普遍的なものを追求しました。現実ではなく、真実といってもよいかも知れません。そのような物事や心のありようの真実の姿を「本意《ほい(ほんい)》」(「もとの心」とも)と言いました。この歌で言えば、「湖上」に見える「冬月」というものの時代を越えて誰もが納得できる姿とはどのようなものか、それを詠む必要があったのです。

歌は嘘か

学校での作文教育では、自分が実際に見たもの、経験したこと、自分の思っていることを率直に書きなさいと言われるかも知れません。嘘はいけませんと。しかし、文学に限らず芸術というものが表現すべきことは、そのようなものだけではありません。自分の体験が普遍性を持つことはあり得ます。しかし、それがあくまでも個別のものであったら、文学にはなりません。

文学というものはどうあるべきかの議論は大きく言えば、今、述べてきた両方向、つまり、普遍性をまず第一に考えるのか、個々の事象を重視するのか、の揺れ動きでした。前者をあまりに追求すれば、しだいに個々人や時代から乖離《かいり》してしまいます。後者が行き過ぎれば、個々人にしか通用しないものになってしまいます。

近代になっての与謝野鉄幹《よさのてっかん》や正岡子規《まさおかしき》らの和歌革新運動は前時代の反動という面もあって、前者の方法の否定、つまりは題詠の否定から始まりました。それは和歌だけでなく、写実主義などを唱《とな》えた小説についても同じことが言えます。おそらくその方向が、前述した学校での作文教育にも結びついているのだと思います。しかし、それが正しいのかどうか、もう一度考え直す必要があるのではないでしょうか。単純に実際をなぞるように描けば文学になるのかという疑問は当時の人々も気づいていることでもありました。斎藤茂吉《さいとうもきち》は、「実相観入《じっそうかんにゅう》」と言いましたが、その「実相」とは「本質・総体・骨髄・核心」のことだと説明しています。

題詠につながる意識

題詠という歌の詠み方、それに繋がる意識は、以上の観点から言えば、和歌が文学を志向した時にすでにあったと考えられます。「万葉集」にあってもそうですし、「古今和歌集」では当然のことです。たとえば次のような歌があります。

山里は冬ぞ寂しさまさりける人目も草もかれぬと思へば　源宗于《みなもとのむねゆき》（古今集・冬）

訳▼山里は冬こそ寂しさが増さってくる。人も訪れず、草も枯れ果てると思うので。

この歌は「古今和歌集」には詞書として「冬の歌とて詠める」とあるだけですが、源宗于の家集(個人歌集)「宗于集」には「歌合に」とあります。つまり、この歌は「冬」を主題として詠むように要請されて作られた歌ということになります。「かれ」には「枯れる」と「離《か》れる」の意が掛けられています。冬には草も枯れるが、人の訪れもなくなる、それこそが冬という季節の真のありよう(本意)だということです。

勿論、歌は日常の生活の中でも詠まれました。「後撰和歌集」には特にそのような歌が多く収められています。しかし、歌は文学化して行くにつれて日常から離れていったのです。

このような詠法史の流れの中で、歌合、屏風歌《びょうぶうた》(屏風に書かれた和歌。屏風に描かれた絵に適合するように詠まれた)、さまざまな歌会などが公家《くげ》社会で頻繁に催《もよお》され、それに平行するように題詠が重視され、その題の出し方、詠み方が練られ、複雑化し、さらには文学論(歌論)の中でその意味合いが深められていきました。このようにして、それが明確に意識され、理論化されるのは院政《いんせい》期(一〇九六年以降)ころからと考えられています。源俊頼《みなもとのとしより》の歌論書「俊頼髄脳《としよりずいのう》」(十二世紀初成)にはこまかな題詠論が記されています。

どのような題が出されたか

題詠をめぐっての深化の方向は大きく二つに見られます。一つは題そのものの工夫、もう一つは与えられた題をどのように詠むかの工夫です。まず、前者の題の工夫について見てみましょう。

一番単純なものは、先に示した「山里は」の歌の例のように、「冬」などというものです。勅撰和歌集では歌は四季や恋、旅など大きく「部立《ぶだて》」として、主題別に分類されて収められていますが、それに類似したものを「題」とするものです。十世紀後半に成立した「古今和歌六帖《こきんわかろくじょう》」には部立よりこまかく、「若菜」「簾」「千鳥」「片恋」などの素材が計五一七種に渡って示されています。ただ、いずれにせよ、あるものの一つの素材（概念）が題となっていることには変わりありません。

それが複雑化したのが、「結題《むすびだい》」と称されるものです。これは二つの素材（概念）が組み合わされたものです。「花」は「花」でも「古寺花《ふるでらのはな》」というように、特殊な条件での「花」を題としたものです。「寄雲恋《くもによするこい》」などという、寄物題《きぶつだい》と分類されるものもあります。これがもう少し工夫されて、文のようになったもの、たとえば「卯花似雪《うのはなゆきににる》」「草花初開《くさばなはじめてひらく》」など漢詩句のようなものも出現しました。これらは四字でできているので「四字題」とも呼ばれています。本項のはじめに掲げたAの家隆の歌はこの例ということになります。

もう一例、挙げると次のようなものもあります。これは「関路秋風《せきじのあきかぜ》」という題で詠まれたものです。

…………………………

B　人住まぬ不破《ふは》の関屋の板びさし荒れにしのちはただ秋の風　藤原良経《ふじわらのよしつね》（新古今集・雑中）

訳▼誰も住んでいない不破の関屋の板庇《いたびさし》よ。時が経ち荒れ朽ちてからはただ秋風が吹き抜けるだけだ。

「不破の関」は現在の岐阜県不破郡にあった関所です。延暦《えんりゃく》八年（七八九）には廃止されたと言われています。それから遥かに時が経ちました。今は人が訪れることもない。ただ、秋風だけが通り過ぎるだけだ、というのです。作者の良経の時代には、関屋など跡形もなかったはずです。しかし、捨て去られた関の無常のありようを板で葺《ふ》いた庇《ひさし》が荒廃していると具象化して表現しています。虚構ですが、こうすることによって、秋風がそこを吹き抜けて行くことが目に見えるようなり、時の経過を具体的な事物を媒介にして感じとらせることになったと言えます。題の本意の表現がこのように詠むことで成就したことになります。

組題というまとまり

題の複雑化には、一つ一つの題の複雑化ではなく、これらの題を組み合わせて、まとまりのある歌群を形成させようとする方向もありました。たとえば、五首のまとまりのある歌には、春・夏・秋・冬と恋などの課題（歌題）を与えるなどです。こちらは「組題《くみだい》」と呼ばれています。規模の大きなものでは「百首歌《ひゃくしゅうた》」（百首和歌とも。百首をまとめて一度に詠んだもの）というものがあります。百首の歌に関して題をどれほど用意するかはそれぞれですが、長治三年（一一〇六）に完成した「堀河百首《ほりかわひゃくしゅ》」は百種の題を持つ早い例として、後世に大きな影響を与えました。

次の歌は治承《じしょう》二年（一一七八）に催された「右大臣家百首《うだいじんけひゃくしゅ》」の一首として詠まれたものです。この百首歌には、「立春」「初恋」「鶯」「忍恋」から始まる二十の題が用意され、それぞれ五首ずつ詠まれています。その内の「郭公《ほととぎす》」を題としたものの一首です。

昔思ふ草の庵《いほり》の夜《よる》の雨に涙な添へそ山郭公《やまほととぎす》　藤原俊成《ふじわらのとしなり》（新古今集・夏）

訳▼昔のことを思い起こしている草庵での雨の降る夜、郭公よ、鳴いて私の悲しい気持を募らせ、雨のしずくのような涙が流れるようにしないでくれ。

「昔」とは自分が若かったとき、はなやかであった時などでしょう。白居易《はくきょい》の、宮中ではなやかに過ごしていた時、と詠んだ詩句を踏まえていると考えられています。郭公の鳴き声が悲しみを増すものであるという観念を老境の悲哀と重ねて詠んだ歌と言えます。

勅撰和歌集なども詠まれた主題ごとに分類、配列されていますが、それは既成の歌を撰者《せんじゃ》が整理したものです。組題による歌の集まりはそれとは相違し、あらかじめ整理された主題が与えられ、それによって歌の集まりができあがります。作られた結果をみれば、同じように見えますが、この点が大きな相違点です。組題によるものは、創作の当初から一つの仮構の世界を作り上げることを目論《もくろ》んでいることになります。

「題しらず」とは

ここまで、題がある時期から歌を詠む上できわめて重要な役割を果たしてきたことを述べてきました。歌の多くは題詠歌となってきました。そうなると、題のない歌は不可思議な存在で、本来、題があるはずなのに、何かの事情でそれが不明になってしまったと考えるのが常識的ということになります。「題しらず」という詞書はこのような意識から生まれてきました。次の歌もその例です。

C　かきやりしその黒髪の筋ごとにうち臥すほどは面影ぞ立つ　藤原定家《ふじわらのさだいえ》（新古今集・恋五）

訳▼あの夜、掻き撫でてあげた黒髪の一筋一筋が、くっきりと目に浮かぶ。私一人うち臥せっていると。

この歌がどのような時に詠まれたかは分かっていません。しかし、実際の体験をそのまま詠んだのではないことは、当時の歌の詠み方からも推察できます。何かしらの題が与えられて、想像の恋を詠んだものと思われます。少なくとも「新古今和歌集」の撰者たちはそう考えました。したがって題は分からないが、と詞書に注記しているのです。定家の家集「拾遺愚草《しゅういぐそう》」ではこの歌はただ「恋歌《こい(の)うた》」とされています。このような単純な題であったのか。「新古今和歌集」ではこの歌の次の歌として、「遇不逢恋《あいてあわざるこい》」（一度は逢うことができたが、その後は逢えなくなってしまった恋）を題とする歌が載せられていますが、それから推察して、このような結題（二つの素材（概念）が組み合わされた題）であったのかも知れません。

落題は落第

題詠がしだいに複雑化していく方向の一つについて述べてきました。先に、もう一つの方向は題をどのように詠むかの工夫だと言いました。このことに触れておきたいと思います。

題詠とは与えられた題を詠むという課題です。つまり、試験問題を解くようなものです。そうであれば、課題に即した解答が求められていることになります。「月」の題なのに、「月」のことを詠まなければ、不正解ということになります。題が重んじられれば、よい歌かそうでないかの判断はこの点も重要な基準ということになります。題がどれほど歌の優劣の判断に影響したかを知ることのできる資料に歌合があります。左右につがえられた二首の勝ち負け（優劣）を判者《はんじゃ》（優劣を決める人）が下し、その判断の理由を判詞《はんし》（歌合で、優劣を判定する判者が、その優劣の理由を記した文章）という形で示しているからです。たとえば、元永《げんえい》二年（一一一九）に行われた「内大臣家歌合《ないだいじんけうたあわせ》」にはいくつかの判詞で題に言及しています。「尋失恋《たずねてうしなうこい》」（女性を訪ねたが成就しなかった恋）の題で詠まれた歌の判詞の一つには「古くさい言葉づかいがあってどうかと思うが題の心がしっかり詠まれていることで、勝ちとする」などと記されています。

　こうなってくると、文学としての価値よりも、課題を満たすことの方が重視されていて、あたかもゲームのようではないか、と思うかもしれません。しかし、文学の価値、楽しみにはゲーム的、遊戯的な面があってもよいと思いますし、それはともかく、与えられた「題」にこそ普遍的な真実が内包されているのですから、他に欠点があってもそれに叶うかどうかが優先しても不思議ではないとも考えられます。

　ですから、課題（歌題）をきちんと果たさなければなりません。題をしっかり詠み込んでいないことを「落題《らくだい》」といい、ずれたことを詠んでいることを「傍題《ぼうだい》」と言って、忌避《きひ》したのです。

　文学の創作に主題が必要であるならば、題というものは他人から与えられなくとも、必然的に存在するものだと考えることもできます。そのような、みずから設定した主題が曲げられることなく、歌の中で成就しているかどうかは常に問われることであるはずです。たとえば、次の歌は「東《あづま》の方へ修行し侍りけるに、富士の山を詠《よ》める」という詞書のあるもので、いわゆる題詠ではありません。しかし、作者が「富士の山」を詠もうと意識したのなら、それが結果的には「題」になったと言えるわけで、その課題を果たしているかどうかが問われることとなります。

風になびく富士の煙《けぶり》の空に消えてゆくへも知らぬわが思ひかな 西行《さいぎょう》（新古今集・雑中）

訳▼風になびく富士山が吹き上げる煙は空に消えて、どこへ行くとも知れない。私の思いも同じようなものだ。

富士山という存在は常に煙が立っているとされた山でした。この歌はその「富士山」という題の本意を踏まえて詠まれていることになります。実景はどうであってもこの本意を違えて詠んだのでは普遍的な真実を表現できないと考えているわけです。

❀題詠が和歌の可能性を広げた

単純な素材一つが題となっている場合は、落題や傍題は起こりにくいかもしれません。しかし、結題となると、二つの概念のどちらに重きがあるのかの判断が必要な場合が出てくることがあります。または、「樹陰夏月《じゅいんのなつのつき》」のように、夏の繁った木の陰では見えないはずの月をどう詠むかの工夫が必要な場合などでは、課題（歌題）を満たす困難さは増してきます。実はこのような課題の困難さが新しい歌を生み出していったということもあったのです。

「句題」と呼ばれた題もありました。これは漢詩句を題にして、それに即して詠むという課題です。そうであれば、結果的にせよ、和歌の中に文学の先進国である中国の文学表現が取り込まれることになります。どの分野でも解明すべき課題が与えられれば、新しい視野が開けてくるということと似ているかもしれません。題との相乗効果によって、新しい歌が世に送り出されたという面もあったのです。

題と歌会

このように考えてくると、題を出すこと自体が重要であるということになります。本章の最後に、だれが、どのように題を出したか、それが具体的にはどのような形で歌人に示されたのかなど、詠《えい》歌《が》の場の実際を少し覗いておきたいと思います。

題を出す人を「題者《だいしゃ》」と言っています。その「題者」には、それなりの歌についての力量、文学的、社会的権威のある者がなりました。また、漢詩文に通じた人は文学に造詣が深い、結題になれば漢詩句の素養が必要になるとみなされて、歌に関心がある漢文学者や漢詩人たちがふさわしいとも考えられていました。

歌合や歌会、または百首歌などの企画がなされると、招請《しょうせい》される歌人に、そのような題者が選んだ題が示されます。規模にもよりますが、数ヶ月前であったり、数日前ということもあったようですが、ともかく、歌会などではその当日より前に題が示されるわけです。

歌人たちはその与えられた題によって自宅で歌を詠み、それを「懐紙《かいし》」（縦三十五センチ、横五十二センチほど）という料紙に定まった字配りで書いて、歌会の当日、それを会場に持参し、様式に則って披露《ひろう》（披講《ひこう》）されるということになります。

つまり、課題はあらかじめ（兼ねて）示されていることになるわけで、このような形の題を「兼《けん》題《だい》」と呼んでいます。百首歌の場合も兼題です。この章で紹介した歌はほとんどが兼題として詠まれたものだと思います。これが歌を詠む時の一般的なやり方で、時間を掛けて熟考できますから、すぐれた歌ができやすいと言えます。

人々が集まってから、その場で題が示されることもありました。これを「当座題《とうざだい》」「即題《そくだい》」と言っています。その時、複数の題からクジで選ぶということもありました。こちらは同じ「当座題」であっても、区別して「探題《たんだい（さぐりだい）》」と呼んでいます。当座題、探題の場合は即興で詠まねばならず、ゲーム性が強くなります。非公式な歌会ということから、小さな紙である「短冊《たんざく》」（縦三十五センチ、横六・五センチほど、懐紙を八つに切った大きさ）に書くことになっていました。

つまり、題詠はこのような歌会などと関わって発展したもので、題詠は文学的な面のみならず、和歌ひいては日本の文芸というものが、どのような具体的な場で洗練されていったのかなど、文芸の総体に深く関係するものであったわけです。

題詠また題とはどのようなものであったのかについて説明してきました。このことを考えることは、実は文学とは何を表現すべきものなのか、文学とその生成の場との関係、または文学の楽しみの諸相など、文学を総合的に考え直す上で重要な示唆を与えてくれるものだと思います。

▼廣木一人

◉和歌用語解説

歌合（うたあわせ）
歌人を左右の2グループに分け、それぞれから和歌を出し合って、優劣を競う歌会。

家集（かしゅう）
私家集とも。個人の和歌を集めた和歌集。

上句・下句（かみのく・しものく）
上句は和歌の前半部分（五・七・五）、下句は後半部分（七・七）。

仮名序（かなじょ）
仮名で書かれた序文。漢文で書かれた「真名序」に対していう。紀貫之が書いた「古今和歌集」の仮名序が有名。

歌論・歌論書（かろん・かろんしょ）
和歌について解説したり、論じたりした文章。書物であれば、歌論書ともいう。

寄物題（きぶつだい）
結題の一種。「寄雲恋」のように、「寄ＸＹ」の形式で、ＸとＹの題を組み合わせたもの。

句切れ（くぎれ）

一首の途中で文が終わる（句点で切れる）こと。初句の後で切れる「初句切れ」以下、「四句切れ」まで四種ある。一首に二つ句切れがあることもある。

句題（くだい）
漢詩句を題にして和歌を詠むこと、またはその題。

組題（くみだい）
複数の題を組み合わせてひとまとまりにしたもの。

結句（けっく）
和歌の第五句のこと。

恋歌（こいうた）
恋をテーマにした和歌。勅撰和歌集では、四季の歌・雑歌と並ぶ大きなテーマ。

詞書（ことばがき）
和歌の前に記され、その歌が詠まれた事情を説明した文章。

雑体（ざってい）
正統的ではない和歌のスタイル。「古今和歌集」では、長歌（第九章参照）・旋頭歌（五・七・七・五・七・七）・誹諧歌（「誹諧歌」の項参照）の三つを指す。

三代集（さんだいしゅう）
はじめの三つの勅撰和歌集。「古今和歌集」「後撰和歌集」「拾遺和歌集」のこと。

自讃歌（じさんか）
作者自ら優れていると認めた自作の歌。

秀歌（しゅうか）
優れた歌。秀歌を集めた書物を、秀歌撰と呼ぶ。

初句（しょく）
和歌の五句のうち最初の句で、五音。以下、第二句（七音）・第三句（五音）・第四句（七音）・第五句（七音、結句ともいう）と続く。

撰者（せんじゃ）
和歌集を編纂した人。

題者（だいしゃ）
題を出す人。

誹諧歌（はいかいか）
滑稽・卑俗を主眼とした和歌。優雅を第一とする和歌の世界では、特殊なものと意識された。

八代集（はちだいしゅう）
はじめの八つの勅撰和歌集。「古今和歌集」「後撰和歌集」「拾遺和歌集」「後拾遺和歌集」「金葉和歌集」「詞花和歌集」「千載和歌集」「新古今和歌集」のこと。

反歌（はんか）
長歌の後に添えられた、五句三十一音の和歌。

判詞（はんし）
歌合で、優劣を判定する判者が、その優劣の理由を記した文章。

百首歌（ひゃくしゅうた）

百首和歌とも。百首をまとめて一度に詠んだもの。

屏風歌（びょうぶうた）

屏風に書かれた和歌。屏風に描かれた絵に適合するように詠まれた。

古歌（ふるうた）

その時代から見て、古い時代の歌。手本にされたり、本歌取り（第六章参照）されたりする。

本意（ほんい）

和歌で扱われる題材について、もっともそれらしい様子をいう。

結題（むすびだい）

二つの素材（概念）が組み合わされた題。

六歌仙（ろっかせん）

「古今和歌集」に記された、平安時代初期の六人の優れた歌人。遍昭・在原業平・文屋康秀・喜撰・小野小町・大友黒主のこと。

◉おわりに

どうすれば、和歌はおもしろく読めるのか、楽しく学べるのか

どうすれば、和歌はおもしろく読めるのか、楽しく学べるのか。

この本は、そういう悩みに真っ正面から答えようと思います。編者の渡部泰明さんを中心に十人の和歌研究者が相談し、和歌をよく知るためのキー・ワードを選びました。目次にあげた、枕詞、序詞、見立て、掛詞、縁語、本歌取り、物名《もののな》、折句《おりく》・沓冠《くつかむり》、長歌《ちょうか》、題詠がそれです。和歌を学び始めて最初に、むずかしいな、と思うのがこういう用語ではないでしょうか。

和歌はけっしてむずかしくありません。むずかしいと思うそこに和歌のおもしろさがひろがっています。興味深く解き明かしてくれる本が少ないようです。私たちは、わかりやすくて、本格的な和歌案内書をプレゼントしようと思います。

初めて和歌に接する方々を思い浮かべて書きました。和歌を習っている高校生、短歌を作っているが古典の和歌も味わってみたいという方々にも、ぜひ読んでいただきたいと思います。和歌の魅力がたっぷりとつたわるはずです。

＊

以下、本書を読み終えた方は、おさらいのつもりで読んでください。

日本人は、自然と人間が交感しあうところに和歌という表現世界を築きました。千年以上も昔、小野小町はこんな歌を詠んでいます。

花の色はうつりにけりないたづらにわが身よにふるながめせしまに
思ひつつ寝《ぬ》ればや夢にみえつらむ夢としりせばさめざらましを

みなさんもご存じの歌です。古文解釈をしてみましょう。

桜の花が雨にぬれ、色あせて散っている。きっと来てくださる、と信じて待っていたのにことしの春もむなしく過ぎていく。私もまた色あせて老いていく。

あなたを思いながら眠ったからでしょうか、あなたが夢にあらわれて、私を見てほほえみましたね。夢だとわかっていたなら、ずっと夢のなかにいましたのに。

小町の歌は、切なくて、悲しい。そして、とびきり美しい。現代の私たちでさえ胸が痛くなります。でも、掛詞や縁語が出てきて、ここはどう訳しますか、と聞かれると、たちまち難解な歌になってしまいます。

あとの歌には、男性が小町を恋しいと思って寝たから小町の夢にあらわれた、という解釈もあります。どちらが正しいのですか、と聞かれると、むずかしい歌に変わります。

そんなこと気にしないで味わいなさい、と言ってあげたいけれど、そう言ってしまうと、なぜ掛詞・縁語を使うのか、という大切な問題などが宙に浮いてしまいます。

私たちは、そういう疑問に正面から答えようと考えたのです。前の歌を解説すれば、「ながめ」は、降り続く「長雨」と〈物思いをする〉という古語「ながめ」の掛詞。「ふる」は、雨が「降る」と我が身が「経《ふ》る」の掛詞。「降る」と「長雨」は縁語になっています。

こういう解説は大事ですが、もっと重要なのは、目の前の風景とそれを見つめる女の思いが掛詞・縁語によって分かちがたく重ねられて表現されていることです。「古今和歌集」の仮名序《かなじょ》に、「心に思ふ事を、見るもの聞くものにつけて、言ひいだせるなり」とありますが、雨にぬれた桜を見ながら、心をそれに託して詠んでいるのです。

和歌は、自然（景）と人間（心）が重なるところに表現されます。日本人はそういう感受性と表現を千年以上も前から磨いてきました。私たちの心にもそういう自然観が生きていると思います。

和歌の精神は、現代人の心に生きている。日本の美の伝統は永遠である。こういうと和歌は京都の貴族文学であって、一部の日本人のものではないか、という声が聞こえてきそうです。こういう考え方には少し誤解があると思われます。

江戸時代の国学者・下河辺長流《しもこうべちょうりゅう》は、和歌は「わが国民の思ひを述ぶる言の葉」であり、「上は宮《みや》柱《ばしら》高き雲居《くもゐ》の庭」（宮廷の貴族）から「下は葦葺《あしぶ》きの小屋の住処《すみか》」（地方の庶民）に至るまで詠まぬ人はいないと述べています。「人を分けず、所を選ばず」和歌を詠む、これが日本人だというのです（「林葉累塵集《りんようるいじんしゅう》」序）。

同じことは平安後期の歌人・源俊頼が「俊頼髄脳《としよりずいのう》」のなかで述べています。藤原俊成も「千載和《せんざいわ》歌集《かしゅう》」序に継承していますし、江戸幕府の老中で白河藩主となった松平定信もそう考えて、領民のための政治を心がけました。「もののあはれを知り給はぬゆゑに、下（へ）の思ひやり（に）疎《うと》く、行き届かずして、情けなきこともあるなり」、「されば守成《しゅせい》の君《きみ》（藩主になる者）は、詩経・万葉集等を以て人情世態《せたい》を知」るべし云々（「燈前漫筆《とうぜんまんぴつ》」）。「万葉集」は中国の「詩経《しきょう》」と同じで、庶民の詠んだ歌がたくさんある。庶民の心を知るための大切な古典だから、藩主になる者よ、よく読んで学ぶべし、と教えたのです。

こうしてみると、和歌は日本人の一部のものである、という考え方はかなり極端です。そうは思ってこなかった、というのが歴史の真実というべきでしょう。

和歌は、千年以上の長い歴史をかけて日本の文化伝統を創り上げてきました。この本は、そういう高い見地に立ってつくられましたし、そういう見地から読んでいただきたいと思います。

▼錦　仁

◉執筆者一覧

――五十音順。＊は和歌文学会出版企画委員。

上野誠（うえの・まこと）

一九六〇年・福岡県生。國學院大學大学院文学研究科博士課程後期単位取得満期退学。博士（文学）。現在國學院大學文学部教授（特別専任）、奈良大学名誉教授。著書『古代日本の文芸空間―万葉挽歌と葬送儀礼』（雄山閣出版、一九九七）、『万葉文化論』（ミネルヴァ書房、二〇一八）他。

大浦誠士（おおうら・せいじ）

一九六三年・香川県生。東京大学大学院博士課程修了。博士（文学）。現在専修大学文学部教授。著書『万葉集の様式と表現　伝達可能な造形としての〈心〉』（笠間書院、二〇〇八）、『万葉のこころ　四季・恋・旅』（中日新聞社、二〇〇八）、『万葉をヨム　方法論の今とこれから』〔共編著〕（笠間書院、二〇一九）他。

小林一彦（こばやし・かずひこ）＊

一九六〇年・栃木県生。慶応義塾大学大学院博士課程単位取得。現在京都産業大学文化学部教授。著書、和歌文学大系『続拾遺和歌集』（明治書院、二〇〇二）、『コレクション日本歌人選　鴨長明と寂蓮』（笠間書院、二〇一二）、『恋歌　王朝の貴族たち』（さくら舎、二〇一八）他。

小山順子（こやま・じゅんこ）
一九七六年・京都府生。京都大学大学院博士後期課程研究指導認定退学。博士（文学）。現在京都女子大学教授。著書『コレクション日本歌人選　藤原良経』（笠間書院、二〇一一）、共著『文集百首全釈』（風間書房、二〇〇七）他。

鈴木宏子（すずき・ひろこ）
一九六〇年・栃木県生。東京大学大学院博士課程単位取得満期退学。博士（文学）。現在千葉大学教育学部教授。著書『古今和歌集表現論』（笠間書院、二〇〇〇）、『王朝和歌の想像力　古今集と源氏物語』（笠間書院、二〇一二）、『古今和歌集の創造力』（ＮＨＫブックス、二〇一八）、共著『和歌文学大系5　古今和歌集』（明治書院、二〇二一）他。

田中康二（たなか・こうじ）＊
一九六五年・大阪府生。神戸大学大学院博士課程単位取得満期退学。博士（文学）。現在皇學館大学文学部教授。著書『国学史再考—のぞきからくり本居宣長』（新典社、二〇一二）、『本居宣長—文学と思想の巨人』（中央公論新社、二〇一四）他。

谷知子（たに・ともこ）
一九五九年・徳島県生。大阪大学文学部卒。東京大学大学院博士課程単位取得退学。博士（文学）。現在フェリス女学院大学文学部教授。著書『中世文学とその時代』（笠間書院、二〇〇四）、『和歌文学の基礎知識』（角川学芸出版、二〇〇六）他。

中嶋真也（なかじま・しんや）＊

一九七三年・千葉県生。東京大学大学院博士課程修了。博士（文学）。現在学習院大学教授。著書『コレクション日本歌人選　大伴旅人』（笠間書院、二〇一二）、『大学生のための文学トレーニング　古典編』〔共著〕（三省堂、二〇一三）他。

錦　仁（にしき・ひとし）＊

一九四七年・山形県生。東北大学大学院博士課程中退。博士（文学）。現在新潟大学名誉教授。著書『中世和歌の研究』（桜楓社、一九九一）、『浮遊する小野小町―人はなぜモノガタリを生みだすのか』（笠間書院、二〇〇一）、『和歌の国「日本」―歌合を読む』（花鳥社、近刊）他。

廣木一人（ひろき・かずひと）＊

一九四八年・神奈川県生。青山学院大学大学院博士課程中退。修士（文学）。現在青山学院大学名誉教授。著書『連歌史試論』（新典社、二〇〇四）、『連歌の心と会席』（風間書房、二〇〇六）他。

渡部泰明（わたなべ・やすあき）＊

一九五七年・東京都生。東京大学大学院博士課程中退。博士（文学）。現在東京大学名誉教授、国文学研究資料館館長。著書『中世和歌の生成』（若草書房、一九九九）、『和歌とは何か』（岩波書店、二〇〇九）、『中世和歌史論　様式と方法』（岩波書店、二〇一七）他。

和歌のルール

編者

渡部泰明

（わたなべ・やすあき）

監修

和歌文学会

昭和三十年六月二十六日創立。
和歌文学並びに和歌に関係深い諸科学の助長発達をはかることを目的とした、
和歌研究者による学会。
http://wakabun.jp/

執筆

上野　誠
大浦誠士
小林一彦
小山順子
鈴木宏子
田中康二
谷　知子
中嶋真也
錦　仁
廣木一人
渡部泰明

2014（平成26）年11月1日　初版第一刷発行
2024（令和6）年9月5日　初版第九刷発行

発行者

池田圭子

発行所

笠間書院

〒101-0064　東京都千代田区神田猿楽町2-2-3
電話　03-3295-1331 Fax 03-3294-0996 振替　00110-1-56002

ISBN978-4-305-70752-9 C0092

印刷・製本／太平印刷社

乱丁・落丁本はお取り替えいたします。

https://kasamashoin.jp/

コレクション日本歌人選

ついに完結！

代表的歌人の秀歌を厳選したアンソロジー全八〇冊

1 柿本人麻呂［高松寿夫］
2 山上憶良［辰巳正明］
3 小野小町［大塚英子］
4 在原業平［中野方子］
5 紀貫之［田中登］
6 和泉式部［高木和子］
7 清少納言［圷美奈子］
8 源氏物語の和歌［高野晴代］
9 相模［武田早苗］
10 式子内親王［平井啓子］
11 藤原定家［村尾誠一］
12 伏見院［阿尾あすか］
13 兼好法師［丸山陽子］
14 戦国武将の歌［綿抜豊昭］
15 良寛［佐々木隆］
16 香川景樹［岡本聡］
17 北原白秋［國生雅子］
18 斎藤茂吉［小倉真理子］
19 塚本邦雄［島内景二］
20 辞世の歌［松村雄二］

21 額田王と初期万葉歌人［梶川信行］
22 東歌・防人歌［近藤信義］
23 伊勢［中島輝賢］
24 忠岑と躬恒［青木太朗］
25 今様［植木朝子］
26 飛鳥井雅経と藤原秀能［稲葉美樹］
27 藤原良経［小山順子］
28 後鳥羽院［吉野朋美］
29 二条為氏と為世［日比野浩信］
30 永福門院［小林守］
31 頓阿［小林大輔］
32 松永貞徳と烏丸光広［高梨素子］
33 細川幽斎［加藤弓枝］
34 芭蕉［伊藤善隆］
35 石川啄木［河野有時］
36 正岡子規［矢羽勝幸］
37 漱石の俳句・漢詩［神山睦美］
38 若山牧水［見尾久美恵］
39 与謝野晶子［入江春行］
40 寺山修司［葉名尻竜一］

41 大伴旅人［中嶋真也］
42 大伴家持［小野寛］
43 菅原道真［佐藤信一］
44 紫式部［植田恭代］
45 能因［高重久美］
46 源俊頼［高野瀬恵子］
47 源平の武将歌人［上宇都ゆりほ］
48 西行［橋本美香］
49 鴨長明と寂蓮［小林一彦］
50 俊成卿女と宮内卿［近藤香］
51 源実朝［三木麻子］
52 藤原為家［佐藤恒雄］
53 京極為兼［石澤一志］
54 正徹と心敬［伊藤伸江］
55 三条西実隆［豊田恵子］
56 おもろさうし［島村幸一］
57 木下長嘯子［大内瑞恵］
58 本居宣長［山下久夫］
59 僧侶の歌［小池一行］
60 アイヌ神謡ユーカラ［篠原昌彦］

61 高橋虫麻呂と山部赤人［多田一臣］
62 笠女郎［遠藤宏］
63 藤原俊成［渡邉裕美子］
64 室町小歌［小野恭靖］
65 蕪村［揖斐高］
66 樋口一葉［島内裕子］
67 森鷗外［今野寿美］
68 会津八一［村尾誠一］
69 佐佐木信綱［佐佐木頼綱］
70 葛原妙子［川野里子］
71 佐藤佐太郎［大辻隆弘］
72 前川佐美雄［楠見朋彦］
73 春日井建［水原紫苑］
74 竹山広［島内景二］
75 河野裕子［永田淳］
76 おみくじの歌［平野多恵］
77 天皇・親王の歌［盛田帝子］
78 戦争の歌［松村正直］
79 プロレタリア短歌［松澤俊二］
80 酒の歌［松村雄二］

解説・歌人略伝・略年譜・読書案内つき

四六判／定価：本体1200円+税～